아들아, 인생을 이렇게 살아라

아들아, 인생을 이렇게 살아라

초판 1쇄 인쇄 | 2013. 8. 16
초판 1쇄 발행 | 2013. 8. 20

지은이 | 필립 체스터필드
옮긴이 | 이영신
펴낸이 | 이환호
펴낸곳 | 나무의꿈

등록번호 | 제 10-1812호
주 소 | 서울특별시 마포구 서교동 463-36 Y빌딩 2층
전 화 | 02)332-4037 팩 스 | 02)332-4031

ISBN 978-89-91168-41-1   03840

아들아,
인생을 이렇게 살아라

체스터 필드 지음 | 이영신 옮김

나무의 꿈

차례

8장_ 사랑하는 아들에게 띄우는 충고

프롤로그

사랑하는 내 아들아, 내가 너에게 가장 바라는 것이 있다면 바로 시간을 소중히 여기라는 것이다. 시간의 소중함은 아무리 강조해도 지나치지가 않다. 사람들은 입버릇처럼 시간의 소중함을 이야기하곤 한다.

"시간은 화살과 같아서 눈 깜짝할 사이에 지나가 버리지."

"세월은 유수와 같아서 한 번 가면 다시는 돌아오지 않아."

하지만 말만 그렇게 할 뿐, 실제로 시간의 소중함을 알고 가치 있게 사용하는 사람은 매우 적은 것이 현실이다. 너만은 그런 오류를 범하지 않았으면 좋겠구나. 늘 네 곁에 존재하는 시간을 소중히 여기렴.

많은 사람들의 삶을 실제로 들여다보아라. 그들은 입으로는 "시간은 금이야!", "젊음은 돈을 주고도 살 수가 없어!"라는 격언들을 시도 때도 없이 읊조리지만, 정작 그들은 격언과 얼마나 거리가 먼 삶을 사는가. 한번 헛되이 흘려보낸 시간은 다시는 되찾을 수가 없다.

과거 유럽에서는 곳곳에 해시계를 설치해 놓았다. 사람들은 날마다 그 해시계를 보고서 자신이 시간을 유용하게 썼는지 확인하곤 했지. 그야말로 시간이 얼마나 중요한지 알았던 것이다.

이처럼 많은 선인들은 자신의 시간을 관리하는 데에 매우 큰 관심을 갖고 있었다. 그러나 시간에 대한 이러한 교훈을 단지 머리로만 이해해서는 곤란하다. 스스로 몸을 움직여 터득함으로써 남들에게 가르칠 수 있을 정도가 되어야만 진실로 시간의 가치와 그 사용법을 안다고 할 수 있을 것이다.

그런 점에서 나는 네가 시간을 아주 유용하게 사용하는 것 같아 퍽 다행으로 생각한다. 시간을 어떻게 다루느냐에 따라 앞으로 네 인생이 하늘과 땅처럼 완전히 달라진다는 걸 나는 누구보다 잘 알기 때문이다.

물론 네게 이러쿵저러쿵 잔소리를 늘어놓을 생각은 눈곱만치도 없다. 다만 남아 있는 네 기나긴 인생 가운데 어느 한 시기, 이를테면 앞으로의 2년 동안에 대해서는 조금이나마 도움이 될까 싶어 몇 가지 이야기를 하려고 한다.

먼저, 사회에 진출하기 전까지 기초 지식을 습득해 놓기를 바란다. 그렇게 하지 않으면, 사회에 나가 네가 뜻하는 대로 인생을 펼치기 힘들다. 지식이란 실제로 사회생활을 하거나 일을 하는 데 빼놓을 수 없는 아주 중요한 지적 자산이다. 물론 내 나이쯤 되면 지식이란 삶의 휴식처가 되기도 하고, 피난처가 되기도 하지만 말이다.

나는 은퇴한 후에도 책을 항상 가까이 두고 지낼 생각이다. 지금 내가 누구의 방해도 받지 않고 책을 읽을 수 있는 것도, 네 나이쯤이었을 때 땀흘려 공부한 시간들이 있었기 때문이다. 어쩌면 그때 좀 더 열심히 공부를 했더라면, 지금 느끼는 만족감이 더욱 컸을지도 모르겠다. 아무튼 어지러운 세상의 구속을 벗어나 책에서 삶의 평온을 찾을 수 있다는 것이 얼마나 좋은지 모른다.

내가 젊었을 때, 해박한 정도는 아니더라도 어느 정도 지식을 쌓아둔 것은 참으로 다행한 일이었다. 그렇다고 해서 내가 과거에 놀면서 지냈던 시간들이 무조건 헛되었다고 말하는 것은 아니다.

논다는 것은 모든 젊은이들에게 뿌리칠 수 없는 유혹이며, 때로 삶의 의욕을 북돋워주기 때문이다. 나도 네 나이 때에는 후회하지 않을 만큼 놀았다. 만일 그렇게 놀지 않았더라면, 지금쯤 나는 논다는 것에 관해 잘못된 평가를 내리는 사람이 되어 있을지도 모른다. 인간이란 자기가 모르는 일에는 더욱 혹독한 평가를 내리는 법이니까.

다행히도 나는 네 나이 때 마음껏 놀았기 때문에 논다는 것에 대해 어느 정도 안다고 할 수 있다. 그래서 후회하는 일도 없다. 마찬가지로 나는 일을 하느라 소비한 지난 세월들이 헛된 시간이었다고 생각한 적도 없다.

일을 직접 해보지 않고 남이 하는 걸 지켜보기만 한 사람은 그 일이 대단한 듯 보여 자기도 한번 해보고 싶다고 생각하는 법이다. 그렇지만 현실은 그런 것이 아니다. 그것을 직접 체험해 본 사람이 아니고서는 결코 그 맛을 알 수가 없다.

물론 내게도 딱 한 가지 후회되는 게 있다. 그것은 바로 내가 젊었을 때 미래에 대해 어떠한 생각을 하거나 아무것도 준비하지 않은 채 나태하게 시간을 흘려보냈다는 점이다.

사랑하는 내 아들아, 앞으로 2년간은 네 인생에서 대단히 중요한 시기가 될 것이다. 간곡히 바라건대, 부디 시간을 헛되이 보내지 않기를 바란다. 지금 네가 무위도식하면서 지낸다면, 그만큼 네가 습득할 수 있는 지식의 양도 줄어들겠지. 그리고 좀더 나은 인격을 갖추는 데 어려움이 많을 것이다.

반대로 네가 이 기간을 땀 흘리면서 의미 있게 보낸다면, 아마 네 인생은 네가 생각했던 것보다 훨씬 더 윤택해지리라고 본다. 쌓이고 쌓인 시간들은 네 인생에 거름이 되어서 든든한 토대가 되어줄 것이다.

그러므로 너는 앞으로 2년 동안은 학문의 기초를 다지기 바란다. 일단 기초가 마련되면, 그 다음에는 네가 언제든지 원하는 때에 원하는 만큼의 지식을 마음대로 보충할 수가 있다. 지금 노력하지 않고 정작 어떠한 일에 봉착해 기초를 다지려고 하면 그때는 이미 늦었다고 보아야 한다.

네 나이 때에 그런 기반을 닦아놓지 않으면, 내 나이쯤 되었을 때 얼마나 형편없는 늙은이가 되어 있을지 상상하기조차 두렵단다. 물론 네가 사회에 진출한 뒤에는 결코 책을 많이 읽으라는 둥 지식을 쌓으라는 둥 시시콜콜 간섭하지는 않을 작정이다. 그래 봐야 너에게는 그럴 시간도 없을 것이다. 또 설령 있다고 하더라도 너는 이미 책만 읽고 있기에는 적합하지 않은 위치에 있을 것이다.

네 인생에서 학문에 전력을 기울일 수 있는 시기는 바로 지금뿐이다. 어느 누구의 방해도 받지 않고 마음껏 지식을 쌓을 수 있는 시기가 바로 지금인 것이다.

하지만 너는 아직 뜨거운 피가 흐르는 젊은이인 까닭에 때로 책상 앞에 앉아 있는 게 고역으로 느껴질 것이다. 그럴 때는 이렇게 생각하거라.

'나는 지금 어차피 한 번은 통과해야 할 길 위에 서 있다. 그러니 단 몇 분, 몇 시간이라도 더 버티면 그만큼 내 인생의 목표에 빨리 도달할 수 있다'고 말이다.

성공을 위한 최고의 준비는 노력이다

무리하게 운동을 하지 않아도 규칙적인 생활을 한다면, 충분히 유지할 수 있는 게 건강이다. 그러나 두뇌의 경우는 다르다. 특히 너처럼 젊을 때에는 절제하는 마음을 갖는 것이 무엇보다 중요하다.

그러기 위해서는 취미 생활과 적절한 운동을 하는 것이 아주 좋은 방법이 될 수 있다. 이때에도 물론 시간을 어떻게 효과적으로 활용하느냐가 매우 중요하다. 특히 명석하고 건강한 두뇌를 유지하는 데에는 상당한 훈련이 필요하다. 잘 훈련된 두뇌와 그렇지 못한 두뇌를 비교해 보면 금방 알 수가 있다. 네가 그 차이를 스스로 경험해 보면, 너 역시 두뇌를 훈련하는 데 많은 시간과 노력을 쏟으리라고 본다.

물론 어떤 사람은 천부적인 재능을 가지고 태어나 굳이 노력을 하지 않아도 되는 경우가 있다. 하지만 그러한 일은 매우 드물기 때문에 너도나도 무작정 그것을 기대할 수만은 없는 노릇이다. 게다가 그러한 천부적인 재능을 가지고 태어난 자가 노력까지 한다면 더욱 위대해질 것이라는 건 말할 필요도 없다.

노력하는 자만이 자신이 원하는 것을 얻을 수 있으며, 바라는 바를 성취할 수가 있다. 노력하지 않고서는 절대로 성공할 수 없을 뿐만 아니라, 평범한 인간이 되는 것조차 어렵다.

다시 한 번 너 자신을 가감 없이 아주 정직하게 들여다보아라. 너에게는 성공을 뒷받침할 지위나 재산이 전혀 없는 형편이다. 게다가 네 뒤에서 힘이 되거나 밀어줄 사람도 없다. 아마 네가 성인이 되어 사회에 진출할 때쯤이면 나도 이미 은퇴한 노인이 되어 어떠한 힘도 되어주지 못할 것이다.

그렇다면 네가 의지할 수 있는 것은 무엇이겠느냐? 오로지 너 자신뿐이다. '하늘은 스스로 돕는 자를 돕는다'는 말처럼, 스스로 힘을 기르도록 노력하거라.

나는 가끔 이런 말을 듣는다.

"난 지지리도 인복이 없어."

"난 실력은 있는데 사람들이 알아주질 않아."

하지만 내가 알기에 실제로 그런 경우는 없었다. 뛰어난 사람은 어떠한 역경에 놓이더라도 반드시 어느 정도 성공을 거두기 때문이다.

내가 여기에서 말한 '뛰어난 사람'이란 지식과 식견, 그리고 마음가짐이 훌륭한 사람이다. 지식은 자신이 목표로 삼는 것이 무엇이든 그것을 충분히 몸에 익혀 두어야 한다. 또한 식견이 얼마나 중요한지에 관해서는 새삼 말할 필요가 없을 것이다. 식견을 갖추지 못한 사람은 대부분 구차한 인생을 사는 것을 보았다.

마음가짐은 어쩌면 앞의 두 가지보다 훨씬 사소한 것일지도 모른다. 그러나 뛰어난 사람이 되기 위해서는 빼놓을 수 없는 요소 중의 하나이다. 마음가짐이 어떠하냐에 따라 지식이나 식견이 빛나기도 하고 가려지기도 한다. 사실 사람의 마음을 가장 매료시키는 것도 따지고 보면 지식이나 식견이 아니라 그 사람의 태도인 것이다.

내가 틈틈이 써 보내는 편지 속에 담긴 충고나 조언들에 진지하게 귀 기울여 주기를 바란다. 그것들은 내가 이 나이까지 살아오면서 얻어낸 소중한 지혜의 결과물이며, 너에 대한 내 애정의 표시이기도 하다. 나는 네가 아닌 다른 누구에게도 이런 충고나 조언들을 할 생각이 없다.

다만 내가 보기에 지금 너는 아직 네 자신을 위한 투자를 않는 것 같아 자꾸 이런 말을 하게 되는구나. 지금은 내 얘기가 네게 후에 어떤 도움을 줄지 알 수 없겠지만, 나는 네가 내 충고를 잠자코 따라주었으면 한다. 그러면 언젠가는 내 충고가 네게 무익한 것이 아니었음을 깨닫는 날이 반드시 찾아올 것이다.

1장
바로 지금 배우고 체험하라

오늘 1분을 비웃는 자는 내일 1초에 운다

 돈이나 재물을 지혜롭게 쓰는 사람은 그리 많지 않다. 그러나 그보다도 훨씬 적은 것이 시간을 지혜롭게 쓰는 사람이다. 돈이나 재물을 지혜롭게 쓰는 것보다 시간을 지혜롭게 쓰는 것이 훨씬 중요하다는 사실은 새삼 말할 필요도 없겠지.

나는 네가 이 두 가지를 지혜롭게 쓸 줄 아는 사람이 되기를 바란다. 너도 이제 그런 것을 생각해야 할 나이가 되었다. 젊었을 때에는 시간이 차고 넘쳐서 아무리 낭비를 해도 없어지는 일은 없다고 생각하기가 쉽다. 그러나 그것은 소중한 재산을 탕진해 버리는 것과 같아서 네가 시간의 소중함을 깨달았을 때에는 이미 늦어 수습할 수 없는 상태일 경우가 많다.

지금은 세상을 떠난 사람들이지만, 윌리엄 3세나 앤 여왕, 조지 1세의 시대에 이름을 날린 라운즈 재무장관은 생전에 입버릇처럼 이렇게 말하곤 했다.

"1펜스를 업신여겨서는 안 된다. 1펜스를 비웃는 자는 1펜스에 울게 된다."

참으로 명언이라고 생각한다. 그는 스스로 이것을 실천했고, 나중에 두 손자에게 막대한 유산을 남겨 주었다.

이 말은 시간에도 그대로 적용할 수 있다.

"1분을 비웃는 자는 1분에 울게 된다."

그러니까 10분이든 15분이든 시간을 헛되이 쓰지 말거라. 10분이나 15분을 우습게 생각해 헛되이 보내면, 하루의 몇 시간은 금방 날아가 버린다. 그것이 1년간 모이면 어떻게 되겠느냐? 아마 네 인생을 바꿀 수 있는 시간이 될 것이다.

빈 시간은 무엇으로든 채워 넣어라

가령 누군가와 12시에 어느 곳에서 만나기로 약속했다고 하자. 그리고 너는 오전 11시에 집을 나서서 그 전에 두세 사람의 집을 방문할 계획을 짜놓았다. 그런데 그들 중 누군가가 집에 없었다면, 그때 너는 어떻게 하겠니? 카페에라도 들어가서 시간을 때우겠니?

만일 나 같으면 그렇게 하지 않을 것이다. 우선 나는 집으로 돌아와 편지를 쓸 것이다. 그렇게 하면 다시 집을 나갈 때 그 편지를 우체통에 넣을 수가 있을 것이다. 그리고 편지를 다 쓰고 났는데도 아직 시간적인 여유가 있다면 책이라도 읽을 것이다.

물론 시간이 짧기 때문에 데카르트나 말브랑슈, 로크나 뉴턴의 저서처럼 어려운 책은 적합하지 않겠지. 오히려 호라티우스나 브왈로, 밀러와 같이 짧지만 지적이고 재미있는 책을 읽는 것이 좋을 것이다. 이렇게 자투리 시간을 효과적으로 사용하면 시간이 엄청나게 절약된다. 그리고 적어도 시간을 지루하게 보내지 않아도 된다.

세상에는 쓸데없이 시간을 낭비하며 보내는 사람이 무수히 많다. 의자에 비스듬히 기대앉아 하품이나 하면서, "일을 시작하기에는 시간이 조금 애매하고……" 운운하면서 게으름을 피우는 사람들을 많이 보았을 것이다.

하지만 이런 사람은 실제로 시간이 남아돌아도 일을 하지 않는다. 결국 아무것도 하지 않은 채 시간만 흘려보내니, 참으로 불쌍한 사람이라고밖에 말할 수 없다. 아마도 이런 사람은 공부든 일이든 결코 성공하지 못할 것이다.

네 나이 때에는 한가하게 시간을 보내는 것은 있을 수 없는 일이다. 내 나이가 되면 바쁘게 일하면서 보내고 싶어도 그렇게 할 수가 없는 게 현실이다. 이제 너는 이 사회에 막 얼굴을 내민 것에 불과하다. 따라서 적극적인 행동과 성실한 자세, 인내를 가지고 사회에 나가야 한다.

앞으로 몇 년 동안은 네 인생에서 가장 소중한 시간이 될 것이다. 그러한 생각을 하면 한 순간도 헛되이 흘려보낼 수가 없을 것이다. 물론 하루 종일 책상 앞에 달라붙어 있으라는 말은 아니다. 그런 것을 권하고 싶은 생각도 없고, 그렇게 해주었으면 하고 생각한 적도 없다.

다만 지금 네가 무엇이든 하고 있다는 사실이 중요하다. "겨우 20분 동안 뭘 해?", "30분쯤이야!" 하면서 시간을 우습게 생각하고 아무것도 하지 않으면, 1년 후에는 엄청난 손실을 보게 될 것이다.

이를테면 하루 중에서도 공부하는 시간과 노는 시간 사이에 비어 있는 시간들이 있을 것이다. 그때 우두커니 앉아서 하품을 하고 있어서는 안 된다. 어떤 책이라도 좋으니 가까이에 있는 책을 읽어라. 비록 만화책이나 시집 같은 가벼운 책이라도 읽지 않는 것보다는 읽는 편이 훨씬 나을 것이다.

자투리 시간도 모으면 의미 있는 시간이 된다

내가 아는 사람 가운데 시간을 아주 효과적으로 사용하는 사람이 있다. 그는 아주 지혜롭게 시간을 써서 아주 짧은 시간도 헛되이 보내지 않는다. 조금 지저분한 이야기여서 미안하지만, 그는 화장실에 들어가 있을 때에도 책을 읽었다고 한다. 그 짧은 시간을 잘 활용해

고대 로마 시인의 작품을 하루에 조금씩 읽어 마침내 독파한 것이다.

가령 호라티우스를 읽고 싶다고 하자. 그는 호라티우스의 시집을 사서 화장실에 갈 때마다 두 페이지씩 찢어서 가지고 가 읽는다. 물론 다 읽고 난 종이는 그냥 그대로 여신 크로아카에게 예물로 바친다. 즉, 버리고 온다는 말이다. 이렇게 되풀이하면 결국 책을 한 권 독파할 수가 있다.

참으로 시간을 효과적으로 보내는 방법이라고 생각한다. 너도 한 번 시도해 보았으면 좋겠다. 달리 하는 일도 없이 우두커니 앉아 있는 것보다 훨씬 좋을지도 모른다. 게다가 이렇게 하면 책 내용도 잊히지 않아서 대단히 효과적일 수 있다.

물론 어떤 책이든 다 좋다는 것은 아니다. 계속해서 읽지 않으면 이해하기 어려운 과학 분야의 책이라든지 내용이 어려운 책은 적당하지 않을지도 모른다. 하지만 그런 책이 아니더라도 몇 페이지 찢어서 읽어도 충분히 의미가 통하고 유익한 책은 얼마든지 있다. 그러한 책을 골라서 읽으면 된다.

아주 짧은 시간이라도 이처럼 효과적으로 사용하면, 나중에 돌이켜보았을 때 '티끌 모아 태산'의 의미를 깨달을 것이다. 그저 짧은 시간이라고 해서 아무것도 하지 않은 채 무의미하게 보내면 나중에 만회하려고 해도 좀처럼 만회할 수가 없다. 그러므로 순간순간을 뜻있게 써주기 바란다. 그냥 아무것도 하지 않는 것보다는 뜻있고 즐거웠다고 생각할 수 있는 일에 시간을 활용하면 좋겠다.

물론 이것은 공부에만 한정된 얘기는 아니다. 때에 따라서는 노는 것 역시 공부만큼 중요하고 필요하다. 인간은 놀이를 통해서 성장하고, 어른이 되어간다. 놀 때만은 잘난 체하거나 꾸미는 태도를 벗어던지는 게 인간이다. 그러니까 놀려면 확실하게 놀아라. 노는 것도 아니고 일하는 것도 아닌, 어중간한 상태로 있지 말거라.

일의 순서를 파악하는 것이 능력이다

비즈니스에는 보통 사람들이 생각하는 것처럼 마술과 같은 힘이나 특별한 재능은 필요하지 않다. 일의 순서를 알고 성실함과 분별력이 있다면, 재능만 있고 흐지부지한 사람보다 훨씬 훌륭하게 일을 잘 처리할 수 있다.

너도 사회인으로서 첫걸음을 내디딘 이상, 지금부터라도 어떤 일이든 체계를 세워 일을 진행하는 습관을 길러야 한다. 일의 순서를 정하고, 그것에 따라서 일을 추진해 가는 것이야말로 네가 바라는 목표를 향해 좀 더 쉽게 다가갈 수 있는 길이다.

예를 들어, 글을 쓴다거나 책을 읽고 일을 하는 것 등에도 시간을 배분해 순서를 정해야 한다. 그렇게 하면 시간을 얼마만큼 절약했는지, 일을 얼마만큼 잘했는지를 쉽게 알게 될 것이다.

전 수상인 로버트 월폴은 보통 사람보다 열 배나 되는 일을 하면서도 단 한 번도 허둥거리는 것을 본 적이 없다. 왜냐하면 그는 일의 순서를 미리 정해 놓았기 때문이다.

제 아무리 유능한 사람이라 해도 일하는 데 순서를 정하지 않으면, 머릿속이 혼란스러워 제대로 일을 처리해 내지 못하는 법이다.

내가 보기에 너는 좀 게으른 편이다. 앞으로는 게으르지 않도록 지금부터라도 분발해 주기 바란다. 또한 2주일 정도라도 좋으니, 일하는 방법과 순서를 정해 보아라.

그렇게 하면 미리 정해 놓은 순서대로 일을 진행하는 것이 얼마나 편리하고 결과도 좋은지 알 수 있을 것이다. 아마 그렇게만 되면 다시는 순서를 정하지 않고서는 어떤 일도 하지 않게 될 것이다.

이왕이면 제대로 놀아라

심심풀이 오락은 대부분의 젊은이가 한 번쯤 걸려 드는 암초와 같은 것이 아닐까? 돛을 한껏 부풀리고 즐거움을 찾아서 배를 띄우는 것까지는 좋았는데, 문득 정신을 차려 보니 방향을 가늠할 나침반도 없고 키를 잡는 방법도 모른다. 과연 이러한 방법으로 정말 여행이 즐거울 수가 있겠느냐? 아마 십중팔구 불명예스러운 부상을 입고 간신히 항구로 되돌아올 것이다.

이렇게 말하면 오해받을지도 모르지만, 나는 금욕주의자처럼 즐거움을 혐오하거나 싫어하는 사람이 아니다. 그리고 신부처럼 쾌락에 빠져서는 안 된다고 설교하는 사람도 아니다. 아니 그보다는 오히려 쾌락주의자에 가까워서 갖가지 놀이를 소개라도 해주어 마음껏 즐기라고 권하고 싶다. 정말이다. 나는 네가 마음껏 놀기를 바란다.

나는 노는 것을 반대하는 것이 아니라, 다만 네가 잘못된 길을 선택하지 않도록 알려 주려고 하는 것뿐이다.

너는 어떠한 것에서 즐거움을 찾고 있는지 모르겠다. 마음에 맞는 친구와 내기 카드놀이를 하고 있는지, 유머와 품위가 있는 사람들과 즐겁게 식사를 하고 있는지, 어쩌면 함께 있으면 배울 것이 많은 사람과 친하게 지내려고 노력을 하고 있는지도 모르지.

나를 아버지라 생각하지 말고 친구라고 생각하여 무엇이든 스스럼없이 말해 다오. 나는 네가 즐기는 것들을 하나하나 검열할 생각은 없다. 다만 인생의 선배로서 건전하고 재미있게 노는 법을 소개해 주고 싶을 뿐이다.

놀이의 '함정'에 빠지지 마라

젊은이는 대개 자신의 기호와는 상관없이 외형적인 것에 넘어가 쾌락에 빠져들기가 쉽다. 극단적인 경우, 무절제야말로 참다운 놀이라고 착각하는 사람까지 있다.

너도 그런 생각을 할지 모르겠다. 일례로 술은 분명히 몸과 마음에 나쁜 영향을 끼치기는 하지만, 훌륭한 놀이 중의 하나라고 생각하는 것은 아닌지…… . 도박도 하다 보면 때로는 무일푼이 될 때도 있지만 재미있는 놀이라고 생각하는 것은 아닌지…… . 또 여자의 뒤꽁무니를 따라다니는 일도 최악의 경우 스토커로 경찰서에 끌려가거나 건강을 해치는 정도일 뿐 나쁜 병에 걸리는 일 따위는 없다고 생각하는 것은 아닌지 모르겠다.

너도 알고 있겠지만, 내가 지금 얘기한 것들은 살아가는 데 전혀 유익하지 않은 놀이이다. 그럼에도 불구하고 너처럼 많은 젊은이들은 그 쓸모없는 놀이에 매혹당하고 있다. 이는 스스로의 생각 따윈 없이 남들이 놀이라 부르는 것을 그대로 받아들였기 때문이다.

네 나이 때에는 누구나 노는 것에 빠지기가 쉽다. 게다가 아주 열중하게 되지. 사실 아직 젊기 때문에 대상을 잘못 선택하거나 잘못된 방향으로 빠져들 경우가 많다.

요즘 잘 놀고 잘 쓰는 건달들이 젊은 너희들에게 인기가 있다는 것을 안다. 하지만 과연 그들은 자기들이 마지막에 가게 될 역이 어딘지 알고 있을까? 그러면서도 무절제한 생활을 되풀이하는 걸까?

옛날 얘기지만 어떤 젊은이가 훌륭한 건달이 되어 보려고 몰리에르의 『타락한 방탕아』를 보러 갔다. 이 젊은이는 주인공의 방탕한 행각에 매료되어 자기도 '타락한 방탕아'가 되기로 결심했다.

이것을 안 친구들이 '타락한'은 그만두고 '방탕아'만으로 만족하는 것이 좋지 않겠느냐고 설득해 보았지만 아무런 소용이 없었다. 그는 의기양양하게 말했다.

"싫어. 방탕아만으로는 재미가 없지. 타락한이 붙어 있지 않으면 완벽한 탕아가 아니니까."

너는 어처구니없는 말이라고 생각할지 모르지만, 이것이 많은 젊은이들의 현 주소가 아닐 듯싶다. 겉모습에만 사로잡혀서 스스로 생각할 여유도 없이 닥치는 대로 덤벼드는 게 요즘 젊은이들이란다. 그리고 결국 정말로 타락해 버리고 말지.

목적의식을 가지고 놀아라

정말 꺼내고 싶지 않은 말이지만, 너에게 참고가 될까 해서 부끄러움을 무릅쓰고 말해 보겠다. 나 역시 다른 사람들과 크게 다르지 않아 그다지 썩 원하지 않았는데도 '놀기 좋아하는 건달'로 보이는 것에서 가치를 찾은 적이 있었다.

참으로 어리석은 일이었다. 나는 본래 술을 좋아하지도 않았는데 호탕한 남아로 보이기 위해 술을 마시면 술동이가 바닥을 보여야만 일어났다. 물론 마실 때에도 기분이 썩 좋았던 적은 없었다. 그런데도 다음날 숙취를 느끼면서 또다시 마시는 악순환이 계속되었다.

도박에도 그와 비슷한 정도로 몰두한 적이 있었다. 돈에는 그다지 제약을 받지 않았던 터여서 돈이 필요해 도박을 한 것도 아니었다. 다만 당시에는 '도박을 한다'는 것을 남자의 필수 조건이라고 생각했다. 그래서 썩 내키지는 않았지만 분별없이 뛰어들었다.

그야말로 싫증을 느끼면서도 인생에서 가장 충실해야 할 30년간을 질질 도박에 끌려 다니면서 보낸 것이다. 그래서 인생의 참다운 즐거움을 모두 날려 버리고 말았다.

지금 생각해 보면, 내가 실속 없이 겉치레에만 치중했다는 사실이 부끄럽기만 하다. 그러나 나는 이제 그러한 부끄러운 행위들과 완전히 결별했다. 어리석다는 생각뿐만 아니라 끔찍하다는 생각마저 들었기 때문이다.

그야말로 일종의 유행병에 걸려 겉치레에만 치중했고, 가당찮은 놀이에 빠졌던 것이다. 결국 나는 그 대가로 인생의 참다운 즐거움을 잃어버렸고, 재산도 많이 날려 버렸다. 게다가 건강도 나빠졌으니, 이 모두가 하늘이 내린 벌이라고 생각한다.

아들아, 너는 나의 이 어리석은 체험담에서 무엇인가를 배우기 바란다. 그리고 네가 정녕 즐겨 해야 할 게 뭔지 선택했으면 한다. 무작정 남들이 좋아하는 놀이에 빠진다거나 아니면 썩 즐겁지도 않은데 남들한테 보이기 위해서 놀이를 선택하면 안 된다.

"나는 나야!"라고 생각할 수 있는 배짱과 여유를 갖도록 해라. 그리고 다시 한 번 지금 네가 즐기는 놀이가 어떤 것들인지 생각해 보거라. 만일 지금의 놀이를 계속 즐긴다면 어떻게 될 것인가에 대해 하나하나 검토해 보거라. 그런 다음에 그 놀이를 계속할 것인지 중단할 것인지 결정하는 것은 너의 현명한 판단에 맡기마.

정말로 즐거운 일을 하라

만일 내가 지금 네 나이라면 무슨 일부터 할까? 아마 내가 네 나이라면, 즐거운 듯이 보이는 일이 아니라 정말로 즐거운 일만을 하겠다. 그 가운데에는 친구와 식사를 하거나 술을 마시는 일도 포함된다. 그러나 몸이 괴로울 정도로 과식하거나 과음을 하지는 않을 것이다.

스무 살이라면 다른 사람을 의식하면서 살아갈 필요는 없다. 일부러 자기가 좋아하는 것을 강요하거나 상대를 비난해서 미움을 받을 필요도 없다. 남은 남이므로 자기 마음대로 하라고 내버려두면 된다. 하지만 건강만큼은 철저하게 체크하도록 해라. 물론 건강에 관심이 없는 사람은 어쩔 수가 없겠지만 말이다.

굳이 도박을 하려면 머리가 빠개지도록 신경을 써가면서 할 게 아니라, 단지 즐기기 위해서 가볍게 하거라. 몇 푼 안 되는 돈을 걸고 여러 부류의 친구들과 즐기는 것이 나쁠 것도 없다. 그렇게 함으로써 새로운 환경에 적응하는 것도 중요한 일이다.

단지 내기에 거는 판돈만큼은 신중하게 생각하거라. 이기든 지든 생활에 지장이 없을 정도의 돈이라면 별로 문제가 되지는 않을 것이다. 생활비를 약간 절약하면 될 테니까. 다만 도박판에서 이성을 잃고 싸우는 따위의 행동은 절대로 해서는 안 된다. 비록 도박장이 그런 행동들을 쉽게 일으키는 곳이라고 할지라도 말이다.

무엇보다 당부하고 싶은 것은, 독서하는 시간을 꼭 가지라는 점이다. 아주 현명한 사람과 대화하는 시간도 갖기를 바란다. 가능하면 나보다 훌륭한 사람이 좋다는 것을 명심하거라.

그리고 주위 사람들과 자주 어울리도록 해라. 굳이 남녀를 가릴 필요는 없으며, 비록 대화의 내용이 신변잡기에 지나지 않은 것들이 대부분이라 할지라도, 함께 어울리면 편안하고 기분전환도 될 것이다. 게다가 사람을 대하는 태도 등, 보고 배울 점도 많을 것이다.

내가 네 나이로 돌아간다면, 지금 너에게 얘기했던 것들을 즐기고 싶구나. 네가 보기에도 정말 지혜롭게 사는 법이라는 생각이 들지 않느냐? 그리고 이러한 것들이야말로 진정한 즐거움이 아닐까 싶구나. 진정한 즐거움을 알고 있는 사람은 쾌락에 빠져 자신을 망치는 일이 절대로 없다. 이를 모르는 사람만이 쾌락을 진정한 즐거움이라고 믿는 것이다.

다시 생각해 보자. 현명한 사람 중에 술에 취해 걸음도 제대로 못 걷는 사람과 친구가 되고 싶어 하는 사람이 있을까? 지불하지도 못할 큰돈을 내기에 거는 사람과 상대하고 싶은 사람이 얼마나 될까? 그것도 머리털을 쥐어뜯으면서 상대방에게 입에 담을 수 없는 욕설을 퍼붓는다면, 아마 상종도 하고 싶지 않을 것이다. 또한 사생활이 문란해 성병이라도 걸렸다면, 그런 사람과 친하게 지내고 싶어 할 사람이 어디에 있겠느냐?

물론 있을 턱이 없다. 현명한 사람들이라면 방탕하게 사는 것을 자랑스럽게 생각하는 사람들과 절대로 가까이 할 리가 없다. 설령 가까이 한다 해도 진실로 받아들이지는 않을 것이다.

진정한 놀이를 알고 있는 사람은 품위를 잃지 않는다. 적어도 악인을 본보기로 삼거나, 나쁜 짓을 하는 사람과 어울리지는 않을 것이다. 만일 불행하게도 부도덕한 행위를 하지 않으면 안 될 경우가 생긴다면, 대상을 신중하게 고른 다음 남들이 전혀 모르게 할 것이다. 일부러 방탕하게 보이는 짓은 절대로 하지 않을 것이다.

일의 기쁨을 알아야 놀이의 기쁨도 안다

노는 것은 매우 바람직한 일이다. 무엇보다 너에게 맞는 놀이를 찾아 마음껏 즐겨라. 하지만 다른 사람이 노는 걸 보고 흉내 내서는 안 된다. 네 가슴에 손을 얹고 무엇이 참으로 즐거운지 곰곰이 생각해 봐라. 그러면 알 수 있을 것이다.

가끔 무슨 일이든 집적거리기만 하는 사람이 있다. 그런 사람은 어떠한 일을 해도 기쁨을 느낄 수가 없다. 어떠한 일이든 진지하게 대하고 몰두하는 사람만이 그것에서 기쁨을 얻을 수 있으며, 노는 것도 마찬가지이다.

이런 면에서 성공한 자로 고대 아테네의 장군인 아르키비아데스를 들 수 있다. 그는 온갖 뻔뻔스러운 짓을 많이 저질렀지만, 철학이나 일 역시 철저하게 시간을 나누어 했다. 줄리어스 시저도 그런 사람 중의 하나다. 그는 일과 노는 것을 모두 잘했다. 그래서 일에서 받는 스트레스를 놀면서 풀어 버림으로써 삶을 매우 알차게 산 사람이다. 그는 실제로 수많은 여성들과 불륜을 저질렀지만, 학자로서 훌륭하게 지위를 쌓았고, 웅변가로서도 초일류였다. 게다가 로마에서는 최고의 지도자로 일컬어지기까지 했다.

그러나 인생을 노는 것으로 일관한다면, 나중에는 노는 것이 재밌기는커녕 매우 따분한 일이 될 것이다. 날마다 열심히 일을 하는 사람만이 노는 것이 얼마나 재밌고 즐거운지 알 수 있기 때문이다.

뚱뚱하게 살이 찐 대식가나 누렇게 얼굴이 뜬 주정뱅이나 혈색이 창백한 호색가는 자신이 하는 일을 진심으로 즐기는 것이 아니다. 이런 사람은 거짓 신에게 자기의 정신과 육체를 바치고 있는 것과 다를 바가 없다.

미련한 사람만이 쾌락을 추구하고, 품위 없는 놀이에도 쉽게 몸을 바친다. 그러나 현명한 사람들, 더욱이 좋은 친구들에게 둘러싸인 사람들은 좀 더 자연스러운 놀이에서 즐거움을 찾을 것이다. 다시 말해 세련되고 위험이 적은, 그리고 최소한 품위를 지킬 수 있는 놀이를 할 것이다.

지혜로운 사람은 놀이 자체가 목적이 되어서는 안 된다는 것을 알고 있다. 놀이라는 것은 일에서 오는 스트레스를 푸는 일이며, 위안이며, 삶이 주는 작은 포상이라는 것을 그들은 잘 알고 있다.

일과 휴식에서 지혜를 얻어라

일하는 시간과 노는 시간을 명확하게 나누어 놓는 것이 좋다. 주로 아침 시간에는 공부나 일을 하는 것이 좋다. 그리고 지식인이나 명사와 함께 앉아 차분하게 나누어야 하는 대화 등도 아침나절에 하는 것이 좋다.

그러나 일단 저녁이 되면 마음이 풀어지므로 긴장하지 않아도 되는 일이 좋다. 저녁식사야말로 휴식으로 들어가는 관문이므로 특별히 긴급하게 해야 할 일이 없다면 자기가 좋아하는 것을 하며 즐겨도 좋을 것이다.

이를테면 마음이 맞는 동료들과 카드놀이를 하거나 술을 마시는 것도 좋다. 장래가 촉망되는 사람들과 함께라면 친목을 도모하는 차원에서 볼링이나 당구 등 간단한 스포츠를 즐길 수도 있을 것이다. 혹은 연극이나 음악회에 간다든지, 친한 친구와 식사를 하거나 춤을 추러 가는 것도 좋다. 틀림없이 시간을 만족스럽게 보낼 수 있을 것이다. 설령 서로 마음이 맞지 않더라도 주먹다짐으로까지 번지는 일은 없을 것이다.

또한 매력적인 여성에게 호감을 가져 뜨거운 시선을 나누는 것도 좋다. 다만 상대가 너의 품위를 떨어뜨리는 부류의 여성이거나, 너를 불행에 빠뜨릴 여성이 아니기를 간절히 바랄 뿐이다. 상대가 너에게 호감을 보이는가 그렇지 않은가는 너에게 달려 있다. 물론 그런 달콤한 상황들은 무척 가슴 설레는 일이다.

이토록 장황하게 말한 것들은 사실 현명한 사람, 진정 놀 줄 아는 사람들이 즐기는 태도이다.

그러므로 너도 아침에는 일을 하거나 공부하는 것으로, 저녁에는 사람과 만나 친목을 도모하거나 노는 '놀이'를 시간을 구분하는 연습을 해라. 너에게 잘 맞는 '놀이'를 선택한다면, 훌륭한 사회인이 되는 데 꼭 필요한 활력소가 될 것이다.

만일 네가 머리가 맑은 오전에 정신을 집중해서 차분하게 공부한다면 1년 후에는 참으로 많은 지식을 얻을 수 있을 것이다. 그리고 마음이 느긋해진 저녁에 친구와 어울리는 것도 너에게는 또 다른 지식, 즉 세상에 대한 지식을 넓히는 시간이 될 것이다.

아침에는 책에서 배우고, 저녁에는 사람에게서 배워라. 이것을 실천하자면 더 이상 빈둥거리며 보낼 시간은 없을 것이다.

나도 젊었을 때는 참으로 노는 것을 좋아했다. 또한 다방면의 사람들과도 자주 만나 어울렸다. 나만큼 그러한 일에 시간과 정력을 바친 사람도 없을 것이다. 때로는 너무 지나치다 싶을 때도 있었다. 그러나 언제든 공부하는 시간만은 꼭 만들어 실천했다. 도저히 시간이 나지 않을 때에는 잠자는 시간을 줄였다. 전날 밤에 아무리 늦게 갔더라도 새벽에 일찍 일어나 그 시간을 보충했다. 몸이 아팠을 때를 제외하고는 40년이 지난 지금까지도 그 습관은 이어지고 있다.

이제 너도 내가 노는 것은 절대로 안 된다고 말하는 완고한 아버지가 아니라는 것을 알았을 것이다. 물론 내가 이렇게 말하는 것은, 나와 똑같은 삶을 살기 바라서가 아니다. 오히려 아버지의 입장에서가 아니라 친구의 입장에서 조언하는 것이다.

네 앞의 일에 힘과 마음을 쏟아라

얼마 전 하트 씨로부터 네가 모든 분야에서 일을 잘해 나가고 있다는 내용의 편지를 받았다.

참으로 기뻤다. 하지만 만일 당사자인 네가 나의 절반만큼도 만족하지 못하거나 기쁨을 느끼지 못한다면, 나는 아주 난감할 것이다. 왜냐하면 인간은 스스로 만족하거나 자부심이 있어야 공부에 열중할 수 있다고 믿기 때문이다.

하트 씨의 말에 따르면, 이미 너는 공부하는 자세가 잡혀 있을 뿐만 아니라, 이해력도 풍부하며, 사물에 대한 통찰력도 생겼다고 했다. 네가 그 정도까지 된다면 지금부터는 공부하기가 한결 쉽고 즐거울 것이다. 그리고 공부를 하면 할수록 즐거움도 더욱 커질 것이다.

한 번에 한 가지 일만 해라

내가 너에게 귀가 따가울 정도로 당부했던 말이라서 너도 잘 알고 있을 것이다. 무슨 일을 할 때는 그것이 어떠한 일이든, 오로지 그 일에만 집중하는 것이 무엇보다 중요하다. 그 외에 다른 일을 생각해서는 안 된다.

이 말은 단지 공부에 한한 것이 아니다. 노는 것도 마찬가지다. 노는 것도 공부할 때와 마찬가지로 놀 때에는 노는 것에만 신경을 쓰거라. 어느 쪽도 열심히 하지 않는 사람은 발전도 없고, 만족감을 얻을 수도 없다.

어떤 상황이든 한 대상에 마음을 집중할 수 없는 사람은 일을 제대로 못할 뿐만 아니라, 노는 것 역시 제대로 못한다. 일에 집중하지 않는 사람과 일을 머릿속에서 떨쳐 버리지 못하는 사람, 그리고 떨쳐 버리지 않는 사람도 마찬가지다.

파티나 회식 자리에서 누군가가 머릿속으로 어려운 수학 공식을 풀려고 한다고 상상해 보아라. 그런 사람은 스스로도 그 자리가 즐겁지 않을 것이며, 또한 같이 있는 사람들도 불편해 할 것이다. 혹은 서재에서 어려운 수학 문제를 풀려고 정신을 집중하고 있는데, 갑자기 노래가 떠올라서 견딜 수 없는 사람의 경우를 생각해 보아라. 아마도 그가 훌륭한 수학자가 되기는 어려울 것이다.

한 번에 한 가지 일만 해라. 한 번에 한 가지 일만을 집중해서 하면 하루에도 여러 가지 일을 할 수 있다. 그러나 한 번에 두 가지 일을 하려고 하면 1년이 있어도 시간은 모자라게 되어 있다.

지금은 작고한 분이지만, 나랏일을 혼자 도맡아 처리했던 법률 고문 스위트 씨는 이따금 저녁 모임에도 얼굴을 내밀었을 뿐만 아니라 여러 사람들과 함께 식사도 하는 등 매우 여유 있는 생활을 했다. 사람들은 그가 그렇게 많은 일을 처리하면서도 저녁 모임에 나올 시간이 있었다는 점을 무척 궁금해 했다. 도대체 어떤 식으로 시간을 사용하고 있길래 그렇게 살 수 있었을까?

그러한 의문에 스위트 씨는 이렇게 대답했다.

"별로 어려운 방법을 쓰는 건 아닙니다. 한 번에 한 가지 일만 하려고 하지요. 그리고 오늘 할 수 있는 일은 절대로 내일까지 미루지 않습니다. 바로 그것이 비결이라면 비결이겠지요."

다른 일에 정신을 빼앗기지 않고 오로지 한 가지 일에 매진할 수 있는 스위트 씨의 집중력은 본받을 만한 것이라고 생각한다. 이렇게 일을 할 수 있다는 것 자체가 비범하다는 증거가 아니겠느냐? 거꾸로 생각하면, 침착하지 못하다거나 어딘가에 정신을 집중하지 못하는 사람은 그만큼 보잘것없다는 증거가 아니겠느냐?

일을 추진시키는 전진 기어는 집중력이다

뭔가 하기 위해 하루 종일 종종거리며 다녔는데도 잠자리에 누워 보면 아무것도 한 일이 없다고 말하는 사람들이 많다. 이런 사람들은 아무리 많은 시간을 책 읽는 데 투자한다고 해도, 그저 눈동자만 글자를 좇아가고 있을 뿐 머릿속은 엉뚱한 생각으로 가득 차 있기 일쑤다. 그러면 나중에 무엇을 읽었는지 전혀 기억나지 않고 무슨 내용인지조차 떠올릴 수가 없다.

이런 사람들은 대화를 할 때도 마찬가지다. 자기 스스로 적극적으로 대화에 참여하려고 하지 않는다. 대화하는 상대를 관찰하거나 대화의 내용을 정확히 파악하려고 노력하지도 않는다. 그들은 그 자리에서 대화와는 전혀 관계가 없는 일, 그것도 쓸데없는 일을 머리에 떠올리는 경우가 대부분이다. 아니, 어쩌면 아무것도 생각하지 않는다는 게 더 정확한 표현일지도 모르겠다. 그러면서 그들은 "잠깐 다른 생각을 하느라고……"라는 말로 얼버무리며 자신의 체면을 차린다. 너는 이런 일이 없도록 조심해라.

사람과 만나 이야기를 나눌 때에도 공부할 때와 마찬가지로 집중하기를 바란다. 공부할 때 주의를 집중해 내용을 파악하듯 사람과 만나거나 대화할 때에도 진지한 모습을 보여야 한다. 한눈팔지 말고 신경을 써서 상대방이 무슨 말을 하는지 귀담아 듣는 것은 매우 중요하다. 다시 말해, 지금 이 순간을 똑똑히 기억할 수 있을 정도로 정신을 집중하는 것이 중요하다.

주변에서 흔히 볼 수 있는 광경으로, 어리석은 사람들은 상대방과 이야기를 할 때에도 딴전을 피우는 경우가 허다하다. 그들은 다시 물으면 "다른 생각을 할 게 있어서 잘 듣지 못했는데……" 하며 변명을 하지만, 그러한 행동은 절대로 해서는 안 된다.

대체 그 사람은 무엇 때문에 그 자리에 나와서 다른 일을 생각하고 있는 것인가? 그렇다면 그곳에 나오지 말았어야지 하지 않는가? 단도직입적으로 말하자면, 그런 사람들은 '다른 일'을 생각하고 있는 것도 아니다. 그저 머리가 텅 비어 멍하게 있었을 뿐이다.

이런 사람들은 일도 잘 못하지만 잘 놀지도 못한다. 정신이 산만해서 일하는 게 어려우면 잘 놀기라도 하면 좋을 텐데, 제대로 놀지도 못하는 것이다. 이런 사람들은 노는 사람과 함께 있으면 자기도 놀고 있는 것으로 착각하고, 해야 할 일이 있으면 그것만으로 자기는 일을 하고 있다고 착각한다.

무슨 일이든 어차피 해야 될 일이라면 열심히 하는 것이 가장 좋다. 어중간하게 하려면 오히려 하지 않는 편이 훨씬 낫다. 이와 마찬가지로 책을 읽을 때에는 그 내용에 관해 나름대로 분석해 보면서 문장의 멋진 표현이나 시어의 아름다움을 충분히 만끽하도록 해라. 결코 그 책을 보면서 다른 책을 염두에 두어서는 안 된다.

책을 읽고 있을 때에는 다른 사람들에 관해 떠올려서도 안 된다. 마찬가지로 사람들과 대화를 나누고 있을 때에는 네가 읽고 있는 책을 떠올려서는 안 된다.

마음을 집중하여 지금 하고 있는 일을 해라. 일이란 할 가치가 있는가 없는가 둘 중의 하나이며, 그 중간이란 없다. 그러므로 일단 일을 하겠다고 결정했으면 전심전력을 다해야 한다.

금전 철학을 익혀라

이제 너도 서서히 어른이 되어가는구나. 오늘은 내가 너에게 보낼 돈에 관해 말하고자 한다. 그러면 앞으로 네가 어떻게 돈을 써야 하며, 어느 곳에 써야 할지 계획을 세우기가 훨씬 쉬울 것이다.

우선 돈이란 참으로 요물이어서 잘 쓰면 약이 되고 잘못 쓰면 독이 된다는 걸 염두에 두어라. 내가 돈을 아끼지 않는 부분은 바로 이러한 부분이다.

즉, 공부에 필요한 비용이나 사람과 교제하는 데 들어가는 돈은 절대로 아끼지 말아야 한다. 여기서 공부에 필요한 비용이란 책값과 훌륭한 선생님에게 지불하는 수업료를 말한다. 또한 여행지에서 훌륭한 사람들과 사귀기 위한 비용도 포함될 것이다. 즉, 숙박비나 교통

비, 의류비와 고용비 등도 포함된다는 뜻이다.

사실 사람과 교제하는 데 들어가는 돈이란 단순히 사람을 만나는 데 쓰는 돈이 아니라, 네가 지성인으로 살아가는 데 필요한 돈이다. 또한 신세를 진 분들에 대한 답례나 앞으로 신세를 지게 될 분에게 선물하는 데 드는 비용도 그렇다. 연극이나 음악회 등을 관람하러 가는 비용이나 유흥비와 사격 등의 게임에 드는 비용, 그 밖에 돌발적인 사태에 드는 비용 등도 포함되겠지. 여기에는 불쌍한 사람들을 위한 자선 비용도 포함될 것이다. 다만 자선이란 명목으로 사기당하는 경우가 많으니 각별히 조심해야 할 것이다.

내가 절대로 용납할 수 없는 돈은 쓸데없는 싸움 때문에 치러야 하는 돈과, 나태하게 빈둥빈둥 시간을 보내기 위해 허비되는 돈이다.

지혜로운 사람은 자기의 명예를 손상시키는 돈이나 자기에게 도움이 되지 않는 돈은 결코 쓰지 않는 법이다. 단 1분의 시간도 헛되이 쓰지 않는 것처럼 지혜로운 사람은 단 한 푼도 헛되이 쓰지 않는다. 다만 자신이나 다른 사람들을 위해 도움이 되는 것, 지적인 기쁨을 얻을 수 있는 것에 돈을 쓴다.

그런데 어리석은 사람은 다르다. 어리석은 사람은 정작 필요한 곳에는 돈을 쓰지 않고 필요하지 않은 곳에 헤프게 써버린다. 이를테면 어리석은 자는 가게 앞에 즐비하게 진열된 잡동사니에 현혹되어 이것저것 마구잡이로 사들이다가 파멸의 길을 걷게 된다.

담뱃갑이나 시계, 넥타이 같은 시시한 물건에 쉽게 마음을 빼앗겨 금세 가산을 탕진하게 되는 것이다. 게다가 주인이나 점원도 그 사실을 잘 아는 터라 온갖 감언이설로 설득하기 마련이다. 결국 자신의 어리석음을 깨달았을 때에는 이미 집 안은 온통 잡동사니로 둘러싸여 있어서 정말로 필요한 것은 어디에도 찾아볼 수 없는 상태가 되어 있을 것이다.

소비야말로 지혜가 필요하다

돈이란 많으면 많을수록 돈에 대한 자기 나름대로의 확고한 철학이 있어야 한다. 그렇지 않으면 아무리 돈이 많아도 최소한의 필요한 물건조차 살 수 없게 된다. 따라서 세심한 주의를 기울여서 사용해야 하는 게 바로 돈이다.

아무리 적은 돈이라도 돈에 대한 자기 나름대로 확고한 철학이 있다면, 그래서 주의해서 사용한다면, 생활에 필요한 최소한의 것은 충족시킬 수 있다.

그리고 어떤 물건을 살 때에는 될 수 있는 한 현금으로 지불하는 것이 좋다. 카드 쓰는 것을 가벼이 여기지 마라. 보이지 않는 돈은 보이지 않게 나가 버린다. 만일 어쩔 수 없는 사정으로 외상을 했다면, 그것을 갚을 때에도 직접 자기 손으로 지불하는 것이 좋다.

물건을 살 때는 필요하지 않은 물건은 사지 마라. 우리는 그저 값이 싸다는 이유만으로 쉽게 물건을 사는데, 절대로 그것은 절약이 아니다. 오히려 쓸데없는 데 돈을 낭비하는 것이다. 또한 겉치레를 하기 위해서나 남에게 보이기 위해서 물건을 사는 것도 좋지 않다.

가장 좋은 것은 현금출납부를 만드는 것이다. 현금출납부를 만들어 자기가 산 물건과 지불한 돈을 적어놓는 습관을 길러라. 돈의 출납을 파악하고 있으면 결코 경제적으로 어려운 일을 겪지는 않을 것이다. 물론 거기에 교통비라든가 음악회에 가서 쓴 푼돈까지 기록할 필요는 없다. 그러한 것은 따분한 수전노에게나 맡길 일이다.

즉 가치가 있는 것에 관심을 갖고, 쓸데없는 것은 버릴 줄 아는 지혜를 터득해야 한다.

2장
큰 그릇을 빚어라

큰 나무는 노력을 먹고 자란다

오늘은 게으름에 대해서 말하려고 한다. 자식 사랑하는 마음이야 어느 부모인들 다르겠냐마는, 너도 알다시피 내가 너를 생각하는 마음은 한없이 감싸려는 어머니의 사랑과는 다르다.

나는 네 결점을 보고 그냥 지나칠 만큼 너그럽지가 않다. 결점이 있으면 오히려 그것을 고치도록 따갑게 지적하는 것이 내가 사랑하는 방법이다. 나는 그것이 내가 해야 할 의무이자 특권이라 생각한다.

너 역시 내가 지적하는 점을 고치려고 노력해야 한다. 그것 또한 너의 의무이자 권리이기 때문이다.

다행히도 내가 지켜본 바에 따르면, 너는 성격이나 재능에서 이렇다 할 문제점은 없다. 다만 약간 게으르고 집중력이 떨어져 산만한 편이며, 주변 일에 무관심하다는 것이 문제라면 문제일 수 있다.

이러한 문제는 육체적으로나 정신적으로 쇠약한 노인이라면 충분히 이해할 수 있다. 인생의 황혼기를 맞이한 노인이 평온하고 안락한 여생을 원하는 건 당연하기 때문이다.

그러나 젊디젊은 네가 그렇다면 절대로 용서할 수 없는 일이다. 젊은이라면 어떠한 면에서건 남보다 뛰어나고 훌륭해지겠다는 목표를 정해 노력해야 하지 않을까? 무엇을 하든지 인내심 있게 적극적으로 매달려야 하지 않을까?

로마의 황제 줄리어스 시저는 일찍이 "훌륭한 행동이 아니면 행동이라고 말할 수 없다!"고 했다.

내가 보기에 너는 젊은이로서의 용기와 활력이 조금 부족한 듯하다. 용기와 활력이 있어야 사람들을 기쁘게 할 수 있으며, 남들보다 뛰어나려고 노력할 수 있는 법이다.

다시 한 번 강조하건대, 사람들로부터 존경을 한몸에 받고 싶다면 당연히 그렇게 되도록 피나는 노력을 해야 한다. 그렇지 않고서는 결코 존경받을 수가 없다. 즉 남을 즐겁게 하려고 애써 노력하지 않으면 절대로 남을 즐겁게 할 수 없는 법이다.

사람은 누구나 자기가 마음먹은 대로 이룰 수 있다고 생각한다. 지극히 평범한 재능을 가진 사람이라도 꾸준히 자기의 분야에서 노력한다면 틀림없이 남보다 나은 사람이 될 수 있다.

앞으로 너는 치열한 경쟁사회의 일원이 될 것이다. 그때를 위해서 지금 너는 무엇을 해야 할까? 그것을 지금부터 생각하고 준비하지 않으면 경쟁에서 낙오자가 될 거란 건 불을 보듯 뻔한 일이다.

우선 세계 여러 나라의 정세와 경제 상황, 국가 간의 이해관계, 역사와 관습 등 다방면의 지식을 골고루 습득했으면 좋겠다. 이런 일들은 보통 조금만 노력을 기울이면 가능한 일이다. 해보지도 않고 할 수 없다고 말하는 것은 도무지 이해할 수 없는 일이다. 자신이 무엇을 해야 하는가를 알고 있으면서도 그것을 하지 않는 것은 단지 게을러서이기 때문이다.

의욕이 없으면 발전도 없다

게으른 사람은 일을 끝까지 해내지 못한다. 조금만 까다롭거나 골치가 아프면 쉽게 좌절하고 포기해 버리기 때문이다. 그들은 결과적으로 표피적인 지식을 얻는 것으로 만족한다. 즉, 성공의 문전에서 주저앉고 마는 것이다. 하지만 이루어야 할 가치가 있는 것은 대부분 골치 아프기 마련이다.

게으른 사람들은 조금만 어려운 일이 생겨도 지레 겁을 먹고 이렇게 생각한다.

'나 같은 게 어떻게 할 수 있겠어.'

그러나 실제로 진지하게 도전해 보면, 세상에서 할 수 없는 일은 그다지 많지 않다는 것을 깨닫게 된다. 그런데도 게으른 사람들은 조금만 어려운 일을 당해도 쉽게 불가능한 일로 단정하고 포기해 버린다. 그러면서 자신의 게으름을 변명하기 위해 갖은 애를 쓴다.

게으른 사람들은 한 가지 일에 일정 시간 집중하는 것도 고통으로 느낀다. 그들은 외부에서 내린 결정을 마치 자기가 경험으로 얻은 것처럼 고이 간직한 채 다른 측면에서 능동적으로 판단하길 꺼린다. 결국 무슨 일이든지 깊이 생각하지 않는 것이다.

만일 이런 사람들이 통찰력이나 집중력을 겸비한 사람을 상대로 대화하게 되면, 금세 자신의 무지와 태만을 드러내게 된다. 결국엔 되지도 않는 말을 종잡을 수 없이 내뱉으면서 창피를 당하게 되는 것이다.

그러므로 처음부터 어렵다거나 귀찮다고 생각되는 일이라고 해도 결코 포기하거나 좌절해서는 안 된다. '용기를 내어 일을 관철하겠노라'는 굳은 결심과 의지가 필요하다. 그런 의지가 없고서야, 어찌 이 험한 세상을 살아갈 수 있겠느냐?

전공 외의 상식도 많이 섭취하라

어떤 특정한 직업적 목적을 위해 쓰이지만, 그 밖의 일상적 생활에서는 필요하지 않는 지식이 있다. 예를 들면, 항해술과 같은 전문 지식은 일상의 대화중에 크게 쓰일 일이 없다. 따라서 그런 분야는 표면적이고 일반적인 지식을 알아두는 것만으로도 충분할 것이다.

그러나 직업적 목적에 상관없이 공통적으로 알아두어야 할 분야에서는 철저하게 알아두는 것이 좋다. 이를테면, 어학·역사·지리·철학·논리학·수사학 등에 관한 지식이 바로 그것이다. 네게는 유럽 각국의 정치 형태나 군사 및 종교에 관한 지식 등도 필요할 것이다.

이 많은 지식들을 네 것으로 흡수하기는 결코 쉽지 않을 것이다. 각고의 노력이 없이는 불가능할지도 모른다. 그러나 차근차근 꾸준하게 지식들을 쌓아 가면 그렇게 불가능한 일도 아니다. 결국에는 그러한 끈기와 노력이 가까운 미래에 네게 커다란 자산을 안겨줄 것이다.

나는 네 입에서 어리석은 사람들에게서 흔히 듣는 "그런 일은 할수 없다"고 하는 변명 따위는 결코 듣고 싶지 않다. 그리고 네가 그렇게 하지 않으리라 믿는다. 사람들 사이에서 벌어지는 일 가운데 정신적으로나 육체적으로 '할 수 없는' 일은 거의 없다. "한 가지 일에 오랫동안 집중할 수 없다"고 말하는 것은 "나는 바보예요. 나는 그 일을 하기 싫어요"라고 말하는 것과 다름이 없다. 다른 사람들은 해내고 있는 일을 '난 할 수 없다'고 하는 것은 부끄럽고 어리석은 일이라는 사실을 알았으면 좋겠다.

작은 일에도 관심을 가져라

세상에는 하찮은 일에 매달리느라 자신에게 주어진 시간을 허비하는 사람들이 많다. 그들은 무엇이 중요하고 무엇이 중요하지 않은가를 가리지 못한다. 그래서 중요한 일에 투입해야 할 시간과 노력을 사소한 일에 쏟아 붓고 만다.

이러한 사람들은 누구와 대면할 때도 상대방의 겉모습에만 눈길을 줄 뿐, 정작 상대방의 내면은 들여다보지 못한다. 마치 연극을 관람하며 그 내용보다는 주변의 무대나 장치에 주의를 기울이고, 정치에 관해 얘기할 때도 진지한 자세로 정책을 따지고 평가하기보다는 겉으로 드러난 정치적 현상에만 매달리는 것과 같다. 너는 결코 그래서는 안 된다.

작은 일이라도 노력은 크게 하라

하찮은 일이라고 해서 다 무시할 수 있는 것은 아니다. 비록 하찮은 일처럼 보여도 그것이 없으면 다른 사람의 호감을 살 수도 없고, 즐겁게 만들 수도 없는 경우가 있다. 따라서 훌륭한 사람이 되기 위해 지식이나 식견을 넓히는 것과 마찬가지로 그러한 것들도 몸에 익혀두는 것이 좋다.

그러므로 아주 사소한 것이라도 소홀히 해서는 안 된다. 이를테면 춤이나 옷차림 같은 것도 신경이 쓰이지 않는 범위에서 적당히 익히고 차려입도록 해라. 인간은 발가벗고 살 수 없는 존재이므로 옷을 입어야 하는데, 이왕이면 단정하게 입는 게 좋지 않겠느냐?

요즘은 춤을 잘 추는 것도 젊은이들에게 크게 어필되므로 춤을 잘 추는 것은 꽤 유용할 것이다.

다만 명심할 것은, 춤을 배우더라도 반드시 단정한 마음으로 배구기를 바란다. 우스꽝스러운 동작이라고 해서 결코 무시해서는 안 된다. 옷차림도 마찬가지다.

겉으로는 사소해 보이는 일일지라도 해볼 만한 가치가 있다고 생각되는 것은 최선을 다하기를 바란다. 무엇보다도 자기가 세워놓은 목표를 이루기 위해서는 노력하는 습관을 가져야만 한다.

눈앞의 사람이나 사물에 주목하라

주의가 산만한 사람과 함께 있는 시간은 결코 즐겁지 않다. 주의가 산만하다는 것은, 단순히 말하면 머리가 나쁘거나 집중력이 약하다는 것을 뜻한다. 문제는 산만한 사람은 많은 부분에서 예의에 어긋나 있는 경우가 많다.

예를 들어, 어제까지만 해도 다정하게 지내던 사람이 오늘은 갑작스레 모른 척한다고 치자. 또는 모두가 모여서 즐겁게 잡담을 나누고 있는데, 계속 밖으로만 돌다가 갑자기 뭔가 생각난 듯이 불쑥 대화에 끼어든 사람이 있다고 해보자. 과연 남에게 이해받을 수 있고 환영받을 수 있겠느냐?

이런 이해할 수 없는 행동을 하는 것은 한 가지 일에 정신을 집중하지 못하기 때문이다. 그렇지 않다면, 그보다 더 중요하다고 생각되는 무엇인가에 정신이 팔린 탓이라고밖에 할 수 없다.

아이작 뉴턴처럼 인류사에 커다란 업적을 남겼던 수많은 천재들은 주위가 아무리 시끌벅적해도 자기 생각에 깊숙이 몰두할 수 있는 집중력을 키웠다. 하지만 일반 사람들이 그렇게 해서는 안 된다. 그러한 면죄부가 일반인에게까지 발부되지는 않기 때문이다. 함부로 천재의 흉내를 냈다가는 얼간이 취급을 받기 쉽고, 결국에는 동료들 사이에서도 따돌림을 당하게 될 것이다.

주의가 산만하고 주의력이 모자라는 사람과 같이 있으면 대다수의 사람들은 불쾌해 한다. 자신이 상대방에게 모욕당하고 있다는 생각이 들기 때문이다. 모욕은 어떤 사람이라도 견뎌내기 힘든 정신적 고문이다.

너도 한 번 생각해 보아라. 감히 어느 누가 존경하는 분이나 사랑하는 연인을 앞에 두고서 다른 것에 정신을 팔 수 있겠느냐? 누구라도 스스로 주목할 만한 가치가 있다고 생각하는 사람에 대해서는 정신을 집중할 것이다.

솔직히 나는, 다른 것에 정신이 팔려 있는 사람과 일할 바에는 차라리 죽은 사람과 함께 지내는 편이 낫다는 생각을 한다. 적어도 죽은 사람은 나를 무시하거나 바보 취급을 하지 않을 것이기 때문이다.

어쨌든 간에 주의가 산만한 사람은, 의식적으로든 무의식적으로든 나를 주목할 만한 가치가 없는 사람으로 대접하고 있는 셈이다. 설령 그의 판단이 옳다고 하더라도, 정신이 산만한 사람이 과연 같이 있는 사람들의 인격이나 매너 따위를 어떻게 제대로 평가할 수가 있겠느냐?

그런 사람은 주위에 훌륭한 사람들이 득실거린다 하더라도 무엇 하나 뚜렷하게 얻는 것도 없이 자신의 인생을 허비하고 말 것이다. 물론 그것도 사람들이 그를 받아 주어야 가능한 일이지만 말이다. 나라면 절대로 받아들이지 않을 것이다.

너무 깊은 사색에 빠지지 마라

나는 네 교육을 위한 투자라면 아무리 큰돈이라도 아낄 생각이 없다. 아마 너도 경험을 통해 그 부분은 충분히 알고 있을 것이다. 그렇다고 너에게 특별 도우미까지 붙여 줄 생각은 전혀 없다. 너도 조나단 스위프트가 지은 『걸리버 여행기』를 읽었을 것이다.

『걸리버 여행기』를 보면, 언제나 깊은 사색에 잠겨 있는 라퓨타의 철학자들에 관한 얘기가 나온다. 그들은 옆에서 조수 노릇을 하는 사람이 발성기관이나 청각기관을 직접 만져 주지 않으면 이야기를 할 수도, 들을 수도 없다.

그래서 살기가 넉넉한 집에서는 하인 중의 하나에게 그런 일을 맡기는 것으로 나와 있다. 주인들은 조수가 없이는 외출도 못하고, 남의 집을 방문할 수도 없고, 산책조차 다닐 수 없다. 그들은 늘 사색에 잠겨 있어서, 갑자기 어떤 위험이 닥쳤을 때 눈꺼풀을 가볍게 건드려 주지 않으면 적절한 대처를 할 수 없기 때문이다. 벼랑에서 발을 헛디딜 수도 있고, 기둥에 머리를 부딪칠 수도 있으며, 또한 사람들과 몸을 부딪칠 수도 있고, 개집을 발로 걷어찰 수도 있는 것이다.

물론 나는 네가 라퓨타의 철학자들처럼 깊은 사색에 잠기느라 주의를 살피지 못하게 되리라고는 생각하지 않는다. 하지만 반대로 머릿속이 텅 비어 있는 탓에 부주의해서 누군가의 도움을 받아야 하는 일도 일어나지 않을 거라고 믿고 있다.

존중받고 싶다면 존중하여라

도우미까지야 필요 없겠지만, 너는 주위 사람들에 대한 주의력이 다소 부족한 게 사실이다. 주의력이 부족하다는 것은 네가 사람들을 무시하고 있다는 것과 다를 바 없다. 새삼스러울 것 없는 얘기지만, 세상에는 무시해도 좋을 만큼 하찮은 인간은 없다.

물론 어리석은 사람들이 있고, 똑똑하지 못한 사람들도 있다. 나는 네게 그러한 사람들까지 존경하라고 말하지는 못하겠다. 다만 그들을 무시해서는 안 된다고는 말해야겠다. 어떠한 사람이든 무시하면 나쁜 평판이 쌓이게 되고, 그리하면 결국 자기 신세를 망칠 수도 있다.

누군가를 마음속으로 싫어하는 거야 자유지만, 그런 마음을 밖으로까지 표현하는 것은 불필요하고 위험한 행동이다. 자신의 마음을 숨기는 것은 비굴한 일이 아니다. 오히려 더불어 사는 데 있어서는 현명한 태도라고 보아야 한다.

지금은 하찮아 보이는 사람이라도 언젠가는 네게 힘이 될 때가 있을지 모른다. 만일 네가 단 한 번이라도 그 사람을 무시한 적이 있었다면, 그는 절대로 네게 힘이 되어 주지 않을 것이다. 모욕을 주는 일은 나쁜 짓을 하는 것보다 더욱 용서받기가 어렵다. 사람에게는 누구에게나 자존심이라는 것이 있어서 그 자존심에 상처를 입으면 평생 잊지 않고 기억하는 법이다.

남에게 무시당한다는 것은 자신이 숨기고 싶은 약점이나 결점을 누군가에게 지적당하는 것과 같다. 누구나 감추고 싶은 것이 있는 법이며, 그것이 드러나면 매우 괴로워한다. 실제로 자신의 잘못을 실토하는 사람은 많이 있지만, 아무리 친한 친구 사이라 해도 자신의 약점이나 결점을 털어놓는 사람은 흔하지 않다.

생각해 보렴. 네가 잘못한 것을 지적해 주는 친구는 있어도 너의 어리석음을 노골적으로 건드리는 사람은 없을 것이다. 고백하는 형태든 지적하는 형태든, 둘 다 자존심에 깊은 상처가 된다는 사실을 모두가 알고 있기 때문이다.

누구든지 모욕을 당하면 화낼 만큼의 자존심은 가지고 있다. 따라서 평생의 적을 만들 생각이 아니라면, 아무리 마음에 들지 않는 사람이라도 결코 속마음을 드러내서는 안 된다는 것을 명심해라.

한마디 말로 평생의 적도 만들 수 있다

젊은이들은 자신이 우월하다는 걸 확인하고 싶어서, 또는 주위 사람들을 웃길 요량으로 남의 약점이나 단점을 들춰내는 경우가 더러 있다. 그러나 당부하건대, 너는 그런 일만큼은 절대로 하지 마라. 그러한 유혹에 넘어가서도 안 된다.

남의 단점을 드러내는 것으로 당장 주위 사람들을 웃길 수 있을지는 모르지만, 그 일로 해서 너는 평생의 원수를 만들게 된다. 시간이 지나면 너와 함께 웃었던 사람들조차도 어떻게 그런 일이 일어났는지 끔찍해 하며 결국에는 너를 멀리하게 될 것이다.

남의 약점을 들춰내는 짓은 그 자체로 품위를 잃는 일이다. 선량한 사람이라면 남의 약점이나 불행을 감싸주었으면 주었지, 그것을 남들 앞에 공개하지는 않는다. 만일 네가 위트를 가지고 있다면, 다른 사람에게 마음의 상처를 주기 위해서가 아니라 즐겁게 만들기 위해 활용해야 할 것이다.

네 눈으로만 세상을 보지 마라

네 편지를 받아보았다. 네가 로마가톨릭교회에 관한 거짓으로 미화된 이야기를 듣고, 또 그런 엉터리 이야기를 맹신하고 있는 신자들을 보고서 놀랐던 심정은 충분히 이해한다. 하지만 비록 잘못된 믿음이라도 본인들이 진심으로 믿고 있는 이상, 그들을 결코 비웃거나 탓해서는 안 된다.

사물에 대한 분별력이 흐려 있는 사람은 불쌍하다. 하지만 그들이 불쌍한 것은 결코 비웃음거리가 될 만한 일을 하거나 책망 받을 만한 일을 해서가 아니다. 가능하다면 편견 없는 믿음으로 대하면서 진지한 대화를 통해 그들을 올바른 길로 인도해 주려는 마음가짐을 가져야 한다. 결코 그들을 비웃거나 책망해서는 안 된다.

대부분의 사람은 자신의 판단에 따라 행동한다. 또 그렇게 하는 것이 바람직하다. 다른 사람의 생각이 자신의 생각과 똑같아야 한다고 믿는 것은, 상대방의 체격이나 키가 자신과 똑같아야 한다고 고집하는 것만큼 오만한 일이다.

사람은 저마다 옳다고 믿는 길이 따로 있으며, 그 가운데 어느 길이 옳은지를 알고 있는 자는 오로지 하느님뿐이다. 따라서 자기와 다른 생각을 하고 있다는 이유만으로 상대방을 무시하는 것은 오만하고 어리석은 짓이다. 믿는 바가 다르다고 이교도 취급을 하면서 박해하는 것 또한 끔찍하고 무지막지한 일이다.

사람은 자신의 생각밖에 생각할 수 없고, 자신의 믿음밖에 믿을 수 없는 동물이다. 비난받아야 할 대상은 거짓 이야기를 만들거나 알면서도 그걸 전파한 사람들이다. 결코 그것을 믿는 사람이 아니다.

결백한 마음가짐이 삶의 타락을 막는다

이 세상에서 거짓말을 하는 것만큼 어리석고 야비한 짓은 없다. 거짓말은 적대감이나 비겁함, 또는 허영심에서 생겨난다. 그리고 어떠한 경우에서든 그 목적을 달성하기가 어렵다. 아무리 꼭꼭 감춘다고 하더라도 언젠가는 진실이 드러나기 때문이다.

예를 들어, 누군가의 행운이나 인복을 시기해서 거짓말을 했다고 하자. 처음 얼마 동안은 뜻한 대로 상대를 곤경에 빠트릴 수 있을지도 모른다. 하지만 결국에 그 곤경은 부메랑이 되어 자신에게로 되돌아온다.

게다가 거짓말이 탄로 났을 때 가장 큰 타격을 받는 사람은 바로 거짓말을 한 자신이다. 일단 그런 일이 있고 나면, 그 상대에 대해 비판적인 말을 했을 때, 그것이 비록 옳은 얘기였다 하더라도 상대는 그걸 험담으로 받아들이게 된다. 이보다 더 큰 손해가 어디 있겠느냐?

자신의 실수를 변명하거나 당장의 부끄러움을 감추기 위해 거짓말을 하는 것 또한 아주 어리석은 행동이다. 결국에는 그리 오래 지나지 않아서 자신의 변명과 거짓말이 불명예스러운 부분을 가려 주는 게 아니라, 오히려 남아 있던 명예스런 부분까지도 더럽힌다는 사실을 분명히 깨달을 것이기 때문이다.

그리고 스스로를 가장 저급하고 야비한 인간으로 타락시켰다는 사실도 알게 될 것이다. 주위 사람들이 자신에게 보내오는 차가운 눈총에도 항변하거나 변호할 수 없는 불쌍한 처지가 되고 만다.

그러므로 불행히도 어떤 잘못을 저지르게 된다면, 거짓말을 해서 당장의 위기를 벗어나려 하기보다는 솔직하게 시인하는 쪽을 택하는 게 좋다. 그것이 올바른 속죄의 방법이며, 상대방에게 용서를 구할 수 있는 유일한 방법이라는 사실을 기억했으면 좋겠다.

자신의 잘못이나 무례함을 감출 목적으로 변명을 하고, 얼버무리고, 속이는 일들은 누가 보더라도 결코 호감을 느낄 수 없는 행동이다. 그러한 저질스러운 행동은 천에 하나, 만에 하나라도 성공하는 일이 드물며, 또 그러해야 마땅하다.

양심이나 명예를 더럽히지 않고 멋지게 살고 싶다면, 우선 남을 속이지 말고 떳떳하게 살아야 한다. 이 말을 가슴에 깊이 새겨두어 평생토록 잊지 않기를 바란다. 그렇게 사는 것이야말로 사람의 의무이며 권리이다.

이제는 너도 깨달았겠지만, 어리석은 사람일수록 거짓말과 가까이하는 법이다. 나도 사람을 만날 때 그가 어느 정도 거짓말을 하는가에 따라서 그의 인격과 소양을 가늠한단다.

세상은 거대한 미로이다

오늘은 사람과 사람이 가진 성격, 그리고 태도에 관해 말하려고 한다. 사실 이 주제는 나이가 들어도 깊이 생각해 볼 충분한 가치가 있을 만큼 너무도 중요하다.

특히 너와 같은 젊은이들은 좀처럼 얻기 힘든 지식이 될 것이다. 어쩌면 지식이 아니라 삶의 지혜라고 불러야 하겠지. 젊은이들에게 진정한 삶의 지혜를 가르쳐 주는 사람이 많지 않다는 사실이 안타까워 이렇게 펜을 들게 되었다.

아마도 모두들 그런 종류의 가르침은 자신이 맡을 역할이 아니라고 생각했는지도 모르겠다. 학교 선생이나 교수도 그저 교과서나 전공서적에 나온 것만을 가르칠 뿐이지, 그 외의 것은 그다지 중요하게 생각지 않는다. 아니, 그들은 차라리 가르칠 능력이 없다고 실토해야 할지도 모른다.

그것은 부모도 마찬가지다. 바쁜 생활에 쫓겨 살다 보면 그런 문제로 자식들과 대화를 나눌 여유가 없는 것이다. 사회에 내보내는 일이야말로 자식에게 가장 좋은 공부가 될 거라고 생각하는 부모들도 있다. 물론 어떤 의미에서 그것이 틀린 생각은 아니다.

어쨌든 이론만으로는 알 수 없는 게 세상일이다. 몸으로 직접 체험하지 않고서도 터득할 수 있는 일은 많지 않다. 하지만 그렇기 때문에 더더욱 자기 자식이 세상이라는 미로에 발을 담그기 전에, 이미 세상에 대한 경험이 있는 사람들이 가르쳐 줘야 하지 않을까? 나는 세상에 대해 먼저 귀띔해 주는 것이 바람직하다고 생각한다.

사람들에게서 정당한 평가를 이끌어내라

그럼 이제 본론으로 들어가 보자.

훌륭한 사람이라고 해서 언제나, 그리고 모든 사람으로부터 존경을 받는 것은 아니다. 세상이란 게 그렇다. 하지만 존경을 받는다는 건 아주 좋은 일이다. 다른 사람으로부터 존경을 받기 위해서는 어떤 종류의 위엄을 갖추어야 할까?

소동을 벌인다, 장난을 친다, 큰소리로 바보처럼 웃거나 농담을 즐긴다, 광대처럼 우스운 행동을 한다, 또는 붙임성을 발휘한다 등과 같은 행동들은 위엄 있는 태도와는 거리가 멀다. 이러한 태도를 가지고서는 아무리 지식을 많이 갖춘 사람일지라도 존경을 받기가 어렵다. 오히려 업신여김을 받지 않으면 다행이다.

쾌활한 것도 좋지만, 쾌활한 사람치고 일찍이 존경을 받은 사람은 없었다고 봐도 무방하다. 게다가 무턱대고 붙임성 있게 구는 것도 윗사람을 화나게 할 수 있고, 주위 사람들한테서는 '아첨꾼'이라든지, '꼭두각시'라는 험담을 듣기 십상이다.

반대로 자기보다 어리거나 지위가 낮은 사람에게 붙임성 있게 굴면, 상대는 제 분수에 넘치는 대등한 교제를 시도하려 할 것이다. 이런 부당한 요구에 대처하기는 쉽지 않다.

농담도 마찬가지다. 실없는 농담만 일삼는 사람은 어릿광대와 별반 다를 바가 없다. 흔히 말하는 '농담'이란 사람들을 감복시키는 '위트'와는 거리가 먼 말장난이기 때문이다.

자신의 본래 성격이나 태도와는 관계없는 점이 다른 사람들의 호감을 사서 동료로 받아들여진 사람은 결코 다른 사람들로부터 존경을 이끌어낼 수 없다. 그저 적당히 그들에게서 이용만 당할 뿐이다.

우리들은 흔히 저 사람은 노래를 잘하니까 우리 모임에 끼워 주자, 춤을 잘 추니까 무도회에 초대하자, 농담을 잘해서 사람들을 즐겁게 해주니까 식사에 초대하자고 말한다. 혹은 어떤 게임이든 정신없이 빠져 버리니까, 금세 술에 취해 버리니까 저 사람은 부르지 말자고 말한다.

이런 말은 칭찬이나 호감과는 거리가 먼 얘기들이다. 오히려 비난이거나 비난에 가깝다고 보면 된다. 다시 말해서, 남들에게 바보 취급을 당하고 있는 것이다. 적어도 정당한 평가를 받거나, 존경을 받는 게 아니라는 것만은 확실하다.

한 가지 이유 때문에 무리에 들어온 사람은 그 이유 외에는 어떤 다른 존재 가치도 없다. 무리의 구성원들이 다른 면으로 눈을 돌려 그를 옳게 평가하는 일도 없기 때문에, 아무리 장점이 많아도 그들에게서 존경을 받지는 못한다고 보아야 한다.

가벼운 처신은 비웃음을 부른다

그렇다면 과연 위엄 있는 태도란 어떤 것일까? 그것은 거만한 태도와는 거리가 멀다. 거만함과는 서로 반대되는 것이라고 보아야 옳을 것이다. 이는 뽐내는 것이 용기가 아니고, 농담이 기지가 아닌 것과 같은 이치이다.

거만한 태도만큼 사람의 품위를 해치는 것은 없다. 거만한 사람의 자만심은 분노를 낳지만, 그 이상의 조소와 멸시도 낳는다. 이것은 터무니없이 비싼 값을 붙여 물건을 팔아먹으려는 장사꾼의 얕은 술수와 흡사하다. 그런 장사꾼을 대할 때 우리는 먼저 사정없이 값을 깎는다. 하지만 정당한 값을 부르는 장사꾼에게는 되도록 그 값에 맞쳐 거래한다.

위엄 있는 태도란 무턱대고 아부를 일삼거나 팔방미인처럼 처신하는 것을 일컫지 않는다. 자신의 의견은 겸손하면서도 명백하게 말하며, 다른 사람의 말에는 귀를 기울일 줄 아는 자세를 가리킨다.

위엄은 그 사람에게서 풍기는 분위기에서도 찾을 수 있다. 얼굴 표정이나 동작에서 진지함이 느껴지면 위엄이 있어 보인다. 물론 여기에다 재치 있는 기지와 밝고 고상한 표정을 덧붙이면 더욱 좋다. 그런 요소들은 항상 사람들에게 존경심과 위엄을 느끼게 해주는 법이다.

이와는 반대로 헤프게 웃는 행동이나 차분하지 않은 태도는 상대방에게 자칫 경솔하다는 느낌을 줄 수가 있다. 또한 겉보기에는 위풍당당한 듯해도 항상 당하고만 사는 사람은 제아무리 애쓴다 해도 용기 있는 사람으로 보이지 않는다. 마찬가지로 나쁜 습관이 온몸에 흠뻑 배어 있는 사람도 결코 위엄 있는 사람으로는 보이지 않는 법이다.

하지만 그러한 사람일지라도 당당하고 예의 바르게 행동한다면, 차츰 나빠져 가는 속도를 줄일 수는 있다. 키케로의 『안내서』나 『예의범절편람』같은 책을 들춰보면, 이와 같은 얘기들을 언제든 볼 수 있다. 그러니 가급적 그런 책들을 공부해 두기 바란다.

3장
우정은 이렇게 키워라

친구는 너의 인격을 비추는 거울이다

아마 지금쯤 너는 베니스에서 흥겨운 사육제를 지내고 토리노로 거처를 옮겼겠구나. 그리고 공부 준비를 하느라 여념이 없겠지. 토리노에서 머무는 동안 부디 네 실력이 향상될 수 있도록 열심히 공부하길 바란다. 내가 전에 없이 너를 걱정하고 있는 것은 다음과 같은 이유에서다.

들리는 소문에 따르면, 토리노의 학교에는 평판이 좋지 않은 영국인이 많다고 하더구나. 그러한 말을 들으니 나는 지금까지 네가 힘써 쌓아올린 것을 혹시 무너뜨리게 되지나 않을까 싶어 심히 걱정이 된단다.

그들은 떼를 지어 다니며 거칠고 난폭한 행동을 일삼는다고 하더구나. 또 그들은 자기들과 뜻이 다르면 무례하게 행동함으로써 편협한 자신들의 속내들을 드러낸다는구나.

그런 일들은 자기 동료들 사이에서 그쳐 주었으면 좋겠는데, 그것으로 만족할 만한 사람들은 아닌 듯하다. 자기들의 패거리에 가입하라고 압력을 가하거나, 집요하게 권유를 계속하는 모양이다. 그리고 그 일이 뜻대로 되지 않으면 상대방을 업신여기는 수법을 쓴다고 한다.

네 나이 또래의 젊은이들에게는 그 방법이 효과가 있을 것이다. 압력을 받거나 강제로 권유를 당하는 것과는 비교도 안 될 정도로 큰 효력을 발휘할 것이다. 부디 너는 그런 일에 말려들지 않도록 조심하기 바란다.

일반적으로 젊은이들은 부탁을 받으면 싫다고 냉정하게 잘라 거절하지 못하지. 싫다고 하면 체면이 깎일 것 같기 때문이다. 동시에 상대방에게 미안하다는 생각도 하게 될 테고, 친구들한테 왕따당하고 싶지 않다는 생각도 들 것이다.

물론 그런 생각 자체는 나쁜 것이 아니다. 상대방이 좋은 사람이라면 기꺼이 자신의 뜻을 굽혀 기분을 맞추고, 그를 기쁘게 하고픈 마음을 즐겁게 받아들일 것이다. 하지만 상대방이 썩 좋지 않은 사람이라면, 그의 의견에 무조건 따라야만 하는 최악의 사태를 맞을 수도 있다.

만일 너에게 결점이 있다면, 그 결점만으로 만족하기를 바란다. 다른 사람의 옳지 못한 결점까지 흉내 내어 남들에게 피해를 끼치는 일은 제발 하지 않기를 바란다.

참다운 우정은 변덕스럽지 않다

토리노의 대학에는 여러 부류의 사람들이 모여 있을 것이다. 하지만 그들과 금방 친해질 수 있다거나 친구가 될 수 있으리라 생각하는 건 잘못이다. 어쩌면 그것은 어처구니없는 자만심에서 비롯된 생각이다.

참된 우정이란 그처럼 간단하게 손에 들어오지 않는다. 서로에 대해 이해할 수 있을 만큼 오랜 세월이 지나야 비로소 진정한 우정이 생기는 법이다.

물론 그러한 우정만 있는 것은 아니다. 요즘 젊은이들 사이에 널리 퍼져 있는 우정도 우정이라 할 수 있겠지. 하지만 이 우정은 뜨겁게 달아오르다가도 조금만 시간이 지나면 금세 식어 버리고 만다.

물론 우연한 자리에서 서로 알게 된 친구들과 무분별한 행동을 하거나 놀이에 열중하는 경우도 있을 것이다. 이것은 한마디로 패스트 푸드처럼 날림으로 만들어진 우정이다. 술과 여자와 연관되어 맺어진 우정은 결코 진정한 우정이라고 할 수 없다.

어쩌면 그들을 자신의 행동들을 '사회에 대한 반항'이라고 이름 붙이며 반박할지도 모른다. 그러나 경박하고 분별없는 행동이 우정이라는 허울 좋은 이름 아래 가려지지는 않는다. 그들은 자신들의 값싼 관계를 '우정'이라고 부르면서 함부로 돈을 빌려주거나, 친구를 위한답시고 소동에 끼어들어 싸움질을 한다.

이런 사람들은 아무리 사이가 좋다 해도 어떠한 계기로 사이가 나빠지면 금방 손바닥을 뒤집듯이 상대방의 과오를 헐뜯으며 돌아다닌다. 한 번 사이가 벌어지고 나면 두 번 다시 상대방을 배려해 주는 일이 없으며, 지금까지 쌓아왔던 신뢰를 무너뜨리고 그 사람을 조롱한다.

여기에서 네가 한 가지 주의해야 할 점은, 친구와 놀이 상대는 분명히 다르다는 사실이다. 함께 있으면 즐겁다고 해서 반드시 좋은 친구라고 할 수는 없다. 아니, 오히려 친구로는 적합하지 않은 사람일 때가 많은 법이다.

그 누구도 적으로 만들지 마라

흔히 '친구를 보면 그 사람을 알 수 있다'고 한다. 다시 말해, 어떤 사람을 평가하는 데 친구가 어느 정도 영향을 끼친다는 뜻이다. 스페인 속담에도 이런 말이 있다.

"누구와 가깝게 지내고 있는지 가르쳐 달라. 그러면 내가 그 사람이 어떤 사람인지 맞추어 보겠다."

부도덕한 사람이나 어리석은 사람을 친구로 둔 사람은, 그 사람 자체도 떳떳하지 못한 행동을 하는 것이 아닐까, 뭔가 남에게 숨기고 싶은 비밀 같은 것이 있지 않을까, 하고 사람들로부터 의심을 받는 법이다.

여기에서 주의해야 할 것은, 부도덕한 사람이나 어리석은 사람이 가까이 왔을 경우, 그 사람이 눈치 채지 않는 한도에서 몸을 피해야 한다는 점이다. 그러나 필요 이상으로 냉담하게 대해서 적을 만들 필요는 없다. 이 세상에 친구로 사귀고 싶지 않은 사람은 얼마든지 있다. 그렇다고 해서 그들을 전부 적으로 만든다면 아마 이 세상은 적들로 들끓을 것이다.

만일 내가 그런 입장이라면 중립에 설 것이다. 적도 아니고 내 편도 아닌 입장이 가장 안전한 법이다. 나는 어리석은 행위 자체를 싫어할 뿐 인간을 적대시하는 것은 아니다. 따라서 굳이 그들을 적으로 만들 필요는 없다. 친구가 되는 것보다는 적이 되는 것이 낫겠지만, 굳이 적이 되어 곤란한 일을 당할 필요는 없다.

중요한 것은, 상대방이 누구든 말해서 좋은 것과 말해서는 안 되는 것, 해서 좋은 일과 해서는 안 되는 일을 구별하여 자기 자신을 통제하는 게 좋다. 그렇다고 분별 있는 척 행동하는 것은 더욱 나쁘다. 상대방에게 불쾌감을 줄 수 있고, 그렇지 않다고 변명할 경우에는 오히려 상대방을 화나게 만들 수도 있기 때문이다.

진정한 의미에서 사물을 명확하게 분별하는 사람은 실제로 많지 않다. 대개는 쓸데없는 일에 정신이 빠져 굳게 입을 다물거나, 반대로 자기가 아는 것과 생각하는 것을 모두 뱉어내어 적으로 만들어 버리기 때문이다.

어떤 사람과 사귀어야 할까?

이제 어떤 사람과 사귀는 것이 바람직한 것인가에 관해 이야기해 보겠다.

먼저 가능하면 자기보다 뛰어난 사람들과 사귀도록 노력하거라. 뛰어난 사람들과 사귀면 자기도 그 사람과 똑같이 되려고 노력하게 되고, 결국에는 그와 똑같이 된 자신을 발견하게 될 것이다. 그러나 이와 반대로 자기보다 못한 사람과 사귀면 자기도 그 사람과 똑같은 인간이 되어 버린다. 앞에서도 말했듯이 사람은 사귀는 상대에 따라서 얼마든지 달라질 수가 있다.

여기에서 내가 말한 뛰어난 사람이란 가문이 훌륭하다든가 지위가 높다든가 하는 게 아니다. 내실이 있는 사람, 즉 어느 분야에서 인정을 받는 사람을 뜻한다.

그렇다면 뛰어난 사람이란 어떤 사람들을 가리키는 것일까? 크게 두 부류로 나눌 수 있는데, 사회에서 주도적인 역할을 하는 사람과 자신의 분야에서 두각을 나타내는 사람이다.

사회에서 주도적인 역할을 하는 사람이란 사교계에서 화려하게 활동을 하며 이름을 드러내는 사람이다. 그리고 자신의 분야에서 두각을 나타내는 사람이란, 특수한 재능을 가졌거나 특정 분야의 학문이나 예술에 걸출하여, 그러한 재능이나 평판을 세상 모든 사람들이 인정해 주는 사람을 말한다.

물론 예외적인 사람들이 있기는 하지만, 그것까지 상관할 필요는 없다. 사람을 사귀는 데 적합한 그룹에도 각양각색의 사람들이 모여 있을 수 있기 때문이다. 이를테면 단순히 뻔뻔스러움만으로 그룹에 억지로 낀 사람들도 있을 수 있으며, 저명인사의 소개로 들어와 거들먹거리는 사람들도 있을 수 있다.

그러나 대다수는 어느 한 분야에서 내로라하는 사람들이다. 눈살을 찌푸려야 할 만한 인물은 좀처럼 그룹에 낄 수가 없는 게 현실이다. 이처럼 서로 다른 인격을 가진 사람, 다른 세계관을 지닌 사람을 자세히 관찰하는 것은 즐겁고 유익하다.

하지만 비록 사회적 지위가 높은 사람들만의 모임이라 하더라도 그 지역에서 평판이 좋지 않다면, 그 모임은 결코 바람직한 모임이라고 할 수 없다. 아무리 사회적 지위가 높아도 머리가 텅 빈 사람, 보편적인 예의도 모르는 사람 등 아무짝에도 쓸모없는 사람이 꼭 끼여 있기 마련이다.

학식이 풍부한 사람들만이 모인 그룹도 마찬가지다. 사회에서 정중한 대접을 받거나 존경을 받는 것은 사실이지만, 사귀기에 적합한 그룹이라고는 할 수 없다. 앞에서도 말했지만 그들은 상대방을 배려할 줄 모른다. 게다가 세상이 돌아가는 이치를 모르며, 오로지 학문에 매달려 사는 사람들이다.

혹여 네가 그러한 그룹에 들어갈 만한 실력이 있다면, 가끔씩 얼굴을 내미는 것만으로 만족해야 한다. 가끔씩 얼굴을 내밀면 네 평판이 좋아질 테지만, 빠져들면 너 역시 세상 물정 모르는 학자 패거리에 속하는 것으로 오해받아 정작 사회생활을 할 때 장애를 겪을 수 있다는 걸 알아두어야 한다.

약간의 거리를 두고 사귀는 것도 좋다

대부분의 젊은이들이 함께 있기를 바라고 열중하는 상대는 아마 재기가 넘치는 인물이거나 시인일 것이다. 그러나 그러한 재기가 넘치는 매력적인 인물과 사귈 경우에는 흠뻑 빠져들어서는 안 된다. 판단력을 잃지 않은 채 적당한 거리를 두고 사귀는 것이 바람직하다.

모든 사람들이 재기를 기쁘게 받아들이는 것은 아니다. 오히려 두려움을 불러일으키는 경우도 있다. 일반적인 사람들은 기발한 사람들의 독설을 두려워한다. 왜냐하면 언제든 안전장치가 벗겨져서 총탄이 자기 쪽으로 날아올 수도 있기 때문이다. 그럼에도 불구하고 이런 사람들과 가깝게 지낸다는 것은 그 나름대로 의미가 있으며, 한편으론 매우 즐겁기도 하다.

하지만 아무리 매력이 넘쳐흐른다 해도 다른 사람들과 전혀 어울리지 않은 채 그러한 사람들하고만 사귄다면, 그것은 매우 위험한 일이 될 수 있다. 만일 네가 지금 그런 상황이라면 다시 한 번 신중히 생각해 보기 바란다.

결점까지 칭찬하는 사람과는 멀리 해라

어떤 일이 있어도 네가 꼭 피해야 할 것은 수준이 낮은 사람과 사귀는 일이다. 인격적으로 수준이 낮을 뿐만 아니라 덕이 부족하고, 지적 수준이 낮고, 사회적 위치도 낮은 사람과 사귀는 것은 금해야 한다. 그들은 자기 자신이 아무것도 내세울 게 없어서 오로지 너와 사귀는 것만을 자랑스럽게 여긴다. 따라서 그들은 너를 붙잡아두기 위해 너의 결점까지도 칭찬할 것이다. 그런 사람하고는 결코 사귀어서는 안 된다.

너는 내가 이렇게 꼬치꼬치 충고를 하고 주의를 주는 것에 놀랄지도 모르겠다. 하지만 수준이 낮은 사람과 사귀어서는 안 된다고 충고

하는 것이 내게는 매우 절실한 문제이기도 하다. 사실 나는 많은 분별 있는 사람들이, 그리고 사회적인 위치도 확고한 사람들이 그런 수준이 낮은 사람과 어울림으로써 신용을 떨어뜨리고 타락해 가는 모습을 이 눈으로 똑똑히 보아왔기 때문이다.

사실 자기보다 수준이 낮은 사람과 사귀는 것도 허영심이다. 사람들은 허영심 때문에 잘못된 일들을 수없이 저질러 왔고, 어리석은 행동을 하기도 했다.

이처럼 허영심은 무엇보다 경계해야 할 마음이다. 사람은 누구나 자기가 속한 그룹에서 최고가 되기를 바라는 법이다. 단지 하찮은 찬사가 듣고 싶어서 자기보다 수준이 낮은 사람들과 사귀는 어리석음을 범하는 것이다. 그렇게 달콤한 속삭임에 빠져 있다가는 어느새 자기도 그 사람과 똑같은 수준이 되어, 있고, 정신을 차리고 다시 훌륭한 사람과 사귀려고 해도 그때는 이미 늦고 만다.

다시 한 번 말하지만, 사람은 사귀고 있는 상대와 같은 수준까지 올라가기도 하고 내려가기도 한다. 사람들은 네가 사귀는 상대를 보고 너를 평가할 것이다.

자신감을 가지고 사귀어라

나는 지금도 내가 처음 사교장에 나가 훌륭한 사람들을 소개받았을 때의 일이 생생하다. 당시 케임브리지 대학의 학생 티를 벗지 못했던 나는 눈부시기만 한 어른들의 모습에 눈도 똑바로 뜨지 못했다. 마냥 어른들이 어렵게만 느껴져 몸조차 제대로 가누지 못했던 것이다.

속으로는 '떨 필요 없어!'라며 스스로를 타일러 보았지만, 인사를 하는 것조차 부자연스러워서 누가 말을 건네 오거나 내가 말을 건네려 해도 여지없이 몸이 말을 듣지 않았다. 귓속말로 뭔가 소곤거리는 사람들의 모습을 보면 꼭 내 말을 하는 것 같았고, 그래서 그 자리에 있는 모든 사람들이 나를 바보 취급을 하는 게 아닌가 노심초사했다. 지금 돌이켜 보면, 나 같은 풋내기 따위에게 누가 신경이나 썼겠는가 싶지만 말이다.

어쨌든 나는 그때 마치 감옥살이라도 하는 죄인처럼 그 자리에 멍청하게 서 있었다. 아마 그 사람들과 사귀어서 나를 좀 더 높은 수준으로 끌어올려야겠다는 굳은 의지가 없었더라면, 나는 그 자리에서 도망치고 말았을지도 모른다.

그러나 나는 끝까지 버티었다. 어떻게 해서든지 그 자리에 나 자신을 융화시키지 않으면 안 된다고 생각했기 때문이다. 그렇게 결심을 하고 나니 한결 마음이 편안해지더구나.

물론 이제는 그러한 것들이 모두 옛이야기가 되었다. 이젠 아무리 대단한 사람이 말을 걸어온다 해도 건성으로 받아들이거나 더듬거리지 않는다.

좋은 기회는 만드는 것이다

내가 난처한 표정을 짓는 모습을 목격한 사람들은 내게 가만히 다가와 말을 붙여 주었다. 그때마다 나는 속으로 '천사가 나를 위로해 주기 위해 온 거야. 나에게 용기를 북돋워 주려고 온 거라고!' 하며 스스로를 세뇌시켰다.

그러자 생각지도 못하던 용기가 조금씩 솟아났다. 그래서 나는 매우 품위가 있어 보이는 부인에게 다가가 용기를 내어 말을 건넸다.

"오늘은 날씨가 참으로 좋군요."

"정말 그렇군요."

그 부인은 아주 정중하게 대답했다. 그러고는 잠시 대화가 끊어졌는데, 당황한 나는 아무 말도 떠오르지 않았다. 그러자 그 부인이 다시 입을 열었다.

"너무 긴장하실 필요는 없어요. 지금도 상당한 용기를 내어 내게 말을 거신 것처럼 보이는데……. 하지만 그렇다고 해서 여기 계시는 분들과 교제를 단념하지는 마세요. 다른 분들도 당신이 허물없이 어울리려고 노력하고 있다는 것을 다 알고 계시니까요. 그리고 무엇보다 소중한 것은 바로 그 마음이에요. 예절이나 태도 등 몸에 익히는 것은 그 다음이지요. 당신은 스스로 생각하는 것보다 사교에 서투른 분이 아니에요. 금방 익숙해질 수 있는 거예요. 혹시 나에게 배우고 싶으시다면 내가 기꺼이 친구들에게 소개를 해드리지요."

이 말을 듣고 내가 얼마나 기뻐했는지, 또한 얼마나 어색하게 대답했는가를 너는 상상할 수 있겠지?

나는 우선 헛기침을 했단다. 그러지 않고서는 목에 무엇인가가 걸린 것 같아 말을 할 수가 없었거든. 그리고는 간신히 대답했지.

"그 말씀 정말 감사합니다. 제가 제 행동에 자신감을 가질 수 없는 데에는 훌륭한 분들과 함께 하는 데 익숙하지 않기 때문입니다. 하지만 저의 선생님이 되어 주신다면 저로서는 영광입니다."

내가 더듬거리며 말을 미처 끝맺기도 전에 그 부인은 서너 명을 불러모아서 프랑스어로 이렇게 말했다. 아참, 그곳은 프랑스였다.

"여러분, 제가 이 젊은 분의 교육을 맡게 되었어요. 이분은 제가 교육을 맡는다는 사실을 매우 기뻐하고 계세요. 제가 마음에 들었나 봐요. 그렇지 않았다면 제게 떨리는 목소리로 '오늘은 날씨가 좋군요'라는 말을 걸어 주시지 않았을 거예요. 여러분, 좀 도와주세요. 우리 모두 노력해서 이 젊은 분에게 용기를 갖도록 도와주어요. 이분에게는 좋은 본보기가 필요해요. 만일 제가 적절한 본보기가 되지 못한다고 생각되시면 다른 분을 찾으시겠지요. 하지만 오페라 가수나 여배우 같은 사람을 선택하게 해서는 안 돼요. 그런 분들과 함께 어울리면 세련되기는커녕 재산은 물론, 건강까지도 해치며 타락하게 될 뿐이니까요."

그녀의 이야기를 듣고 있던 사람들이 웃었다. 나는 어떤 표정을 지어야 할지 몰라 무표정한 모습으로 서 있었다. 그 부인이 진심으로 말하고 있는 것인지, 아니면 나를 놀리고 있는지 알 수가 없었기 때문이다. 그녀의 말이 기쁘기도 하고, 한편으론 부끄럽기도 했다.

의욕과 끈기를 가지고 사귀어라

그 부인은 나를 다른 사람들 앞에서 정말로 친절하게 감싸주었다. 나는 점점 자신감을 갖게 되었고, 어느새 우아하게 행동하는 것이 몸에 익숙해졌다. 본받을 만한 것을 발견하면 부지런히 흉내 냈다. 시간이 지나자 좀 더 자유로운 기분으로 따라할 수 있게 되었고, 결국은 내 나름대로의 방법을 가해 사람을 사귀었다.

나는 네가 다른 사람들로부터 호감을 갖는 사람이 되기를 바란다. 무엇인가 사회에 공헌하고 싶다면 못할 일이 없을 것이다. 하고자 하는 의욕과 끈기만 있다면 무슨 일이든 해낼 수 있다.

있는 그대로 평가할 수 있어야 한다

젊은 사람들은 사물을 있는 그대로 평가하지 못하는 경우가 많다. 아마 잘 모르기 때문이겠지만, 어떠한 사물을 평가할 때 보고 들은 것보다 과대평가하기가 쉽다.

인간이란 동물은 네가 생각하는 것처럼 그렇게 이지적이고 이성적인 동물이 아니다. 때로는 감정의 지배를 너무나 많이 받고, 아주 쉽게 무너져 버리는 나약함도 가지고 있다.

일반적으로 유능하다는 사람들도 절대적이 아니라는 것을 너 역시 알고 있을 것이다. 그런데도 그들이 '유능하다'고 불리는 것은 다른 사람들과 비교해서 그렇다는 말이다. 보통 사람들보다 결점이 적다는 이유만으로 유능하다는 말을 듣게 되고 우위에 서게 된 것일 뿐이다.

그들은 먼저 자기 자신을 억제하고 결점을 줄임으로써 수많은 사람들로 하여금 우러러보도록 한다. 이때 이성에 호소하는 것과 같은 어리석은 방법은 쓰지 않는다. 오히려 감정과 감각 등 다루기 쉬운 점을 교묘하게 파고들어 사람들을 지배한다. 이러한 경우에 실패하는 일은 거의 없다.

그러나 정말로 위대하며 완벽하다고 생각하는 사람들을 잘 살펴보아라. 그들에게도 결점이 있다는 것을 쉽게 알 수 있다. 저 위대한 브루투스도 마케도니아에서는 도둑과 비슷한 짓을 했다. 프랑스의 정치가이며 추기경인 리슐리외도 자신의 시적인 재능을 사람들에게 인정받기 위해 좋지 않은 행동을 했다. 말버러 공작도 마찬가지로 사람들에게 매우 인색했다.

네가 스스로 인간이란 무엇인가를 깨닫게 될 때까지는 라 로슈푸코 공작의 『격언집(Maxims)』을 읽어 보도록 하거라. 여태껏 그 책만큼 인간에 관해 많은 것을 일깨워 주는 책은 보지 못했다. 그러니 날마다 아주 잠깐이라도 좋으니 그 책을 읽기 바란다. 그 책은 인간의 모습을 참으로 적나라하게 보여주고 있단다.

아마 너도 그 책을 읽으면 인간을 필요 이상으로 과대평가하지는 않을 것이다. 물론 그렇다고 그 책이 인간을 부당하게 과소평가하고 있다는 뜻은 아니다. 결코 아니다. 너도 그 책을 읽으면 지금 내 말의 뜻을 알 수 있겠지.

젊은이다운 패기를 살려라

네 나이 또래의 젊은이들은 주체할 수 없을 정도로 에너지가 넘쳐 흐른다. 그래서 그 에너지를 어느 방향으로든지 틔워 주어야 한다. 그렇지 않으면 럭비공처럼 어느 방향으로 튈지 알 수가 없어서 자칫하면 자신의 목뼈를 부러뜨릴 수도 있다. 물론 이 넘쳐나는 에너지가 비난만 받는 것은 아니다. 거기에 신중함과 조심스러움이 더해진다면 사람들로부터 환영받을 것이다.

내가 너에게 바라는 것은, 젊은이에게 흔히 나타나는 들뜬 마음을 절제한 채 젊은이다운 패기로 사람들과 함께 어울렸으면 하는 것이다. 젊은이가 열정이 지나쳐 변덕스럽다면, 비록 고의가 아니더라도 상대방의 화를 돋울 수가 있다. 그러나 발랄하고 씩씩한 모습은 사람들의 마음을 사로잡는다.

그러므로 사람을 만나기 전에는 미리 만나야 할 사람들의 성격이나, 그가 지금 어떤 상황에 놓여 있는지 살펴두는 것이 좋다. 그렇게 하면 어설픈 지레짐작으로 말을 걸지 않아도 된다.

네가 앞으로 사귀게 될 사람들 가운데는 마음가짐이 좋은 사람들만 있는 것이 아니다. 질이 좋지 않은 사람들, 그리고 네 상상 이상의 사람들도 있을 것이다. 남을 비판하는 걸 좋아하는 사람도 많지만, 비판을 받아 마땅한 사람은 더욱 많다.

만일 그러한 사람들을 만나게 되면 대부분의 사람들에게 해당되는 장점을 칭찬해 주거나, 단점을 옹호해 주는 것이 좋다. 그렇게 하면 그것이 아무리 일반론에 지나지 않더라도 자기 자신을 두고 한 말이라고 생각해 기뻐할 것이다.

실패와 좌절은 인생의 최고 스승이다

사람은 자기보다 훌륭한 사람들 속에 끼여 있으면 자기도 훌륭한 것 같아 우쭐한 마음이 든다. 즉 사람들이 자기를 주목하고 있는 것 같은 느낌을 받는 것이다. 그래서 사람들이 뭔가를 소곤거리면 자기에 대해 말을 하는 것이라고 여기고, 또한 상대방이 웃고 있으면 자기가 웃음거리가 되고 있는 것이라고 생각하기가 쉽다. 그리고 뭔가 분명히 의미를 알 수 없는 말을 들으면 틀림없이 자기를 두고 한 말이라고 단정해 버린다.

스크라브는 『계략』이라는 책에서 이렇게 말했다.

"저렇게 큰소리로 웃고 있는 것을 보면 틀림없이 나에 관해 말하고 있는 거야!"

이러한 경험은 처음 사교계에 입문했을 때 모두가 겪는 일이다. 하지만 그렇게 훌륭한 사람들 속에 섞여서 좌절감을 맛보는 동안, 어느새 자기도 모르게 세련된 태도를 몸에 익히게 되었다는 걸 알 것이다. 그러므로 네가 친하게 지내고 있는 사람들에게 이렇게 부탁해 보아라.

"저는 아직 젊어 경험이 부족한 탓에 무례한 짓을 많이 저지르고 있습니다. 만일 그런 점을 발견하시면 사양하지 마시고 지적해 주십시오."

그런 부탁에 남성이나 여성을 가릴 필요는 없다. 그리고 그들에게 지적을 받는 즉시 고맙다는 인사를 하는 것도 잊지 말아야 한다. 네가 진실로 그들에게 도움을 청하고, 그러한 도움에 대한 고마움을 잊지 않으면, 지적해 준 사람도 흐뭇하게 생각해 너를 도와줄 것이다. 또한 다른 사람에게 그 이야기를 해서 너를 돕도록 나설 것이다.

그렇게 하면 많은 사람들이 기꺼이 너의 무례한 행위나 부적절한 말과 행동을 진심으로 충고하게 된다. 시간이 지나면서 너는 점점 마음과 몸이 자유로워지고, 이야기를 나누는 상대나 함께 있는 사람에 따라 카멜레온처럼 변화무쌍하게 행동할 수 있는 능력도 생길 것이다.

적당한 허영심은 자신을 강하게 만든다

허영심이란 어느 시대를 막론하고 누구나 다 가지고 있는 마음이다. 특히 다른 사람들에게서 칭찬받고 싶어 하는 마음을 허영심이라고 할 때, 사람들은 기꺼이 이 허영심을 만족시키기 위해 어리석은 언동이나 범죄를 저지르기도 한다.

하지만 한편으론 다른 사람들에게서 항상 칭찬받고 싶어 하는 감정이야말로 자기 향상과 연결되는 것이 아닌가 싶다. 물론 그러기 위해서는 그것에 상응하는 진중함과 노력이 있어야 하지만, 결과를 감안한다면 허영심을 꼭 나쁘다고만은 할 수가 없다.

이를테면 다른 사람에게서 인정받고 싶거나 칭찬받고 싶다는 감정이 없으면, 아마 어떠한 일에서든 의욕을 잃을 것이다. 그리고 무슨 일이든 심드렁해져 아무 일도 하지 않을 것이다.

그렇게 되면 자기가 가지고 있는 재능을 발휘할 수도 없겠지. 결국 그 사람은 자기가 가지고 있는 실력보다 훨씬 아래로 비쳐질 테고, 그것에 만족하며 살아야 할 것이다.

그런데 허영심이 강한 사람은 다르다. 그들은 자기 실력 이상으로 보이려고 온 힘을 다해 필사적으로 노력한다.

나는 지금까지 너에게 모든 것을 숨김없이 이야기했다. 그리고 앞으로도 그렇게 할 것이다. 설령 내 결점이 너에게 드러난다고 해도 숨길 생각은 없다. 그리하여 고백하건대, 사실은 나 또한 허영심이 많았지만 이것을 언짢게 생각한 적은 없었다. 오히려 허영심이 있었기 때문에 지금의 내가 있지 않은가 싶어 다행으로 여긴다.

가령 나에게 사람들이 칭찬하는 어떤 장점이 있다면, 그것은 나의 허영심 덕분이었다고 믿고 있다. 허영심이 나를 향상시켜 준 덕택에 그것이 장점으로 남아 있게 된 것이다.

승부욕은 능력을 불러내는 주술이다

내가 사회에 첫발을 내디딜 무렵, 내 출세욕은 대단했다. 나는 어떠한 일이 있어도 사람들에게서 인정을 받고 싶었다. 온몸에 칭찬을 받으며, 촉망을 받아야 한다고 생각했다. 그렇게 남달리 뜨거운 욕망을 가슴 깊이 품고 사회에 첫발을 내디뎠다. 그래서 간혹 어리석은 짓을 한 적도 있었지만, 그 이상으로 현명한 행동도 했다.

이를테면 남성들만의 모임에 참석할 때 나는 누구보다도 훌륭하게 되겠다고, 적어도 그 안에서 가장 훌륭한 사람과 똑같을 정도로 훌륭해지려고 노력했다. 그러한 생각이 나의 잠재 능력을 끄집어냈고, 그래서 1등이 되지 못하면 2등이 되기라도 했다. 이윽고 나는 모든 사람들의 주목을 받는 대상, 즉 중심적 존재가 되었다. 일단 그렇게 되면 자기가 하는 일마다 모두 옳다고 느껴지는 법이다.

나의 말과 행동이 유행이 되고, 모든 사람들이 일제히 나의 언행을 따라하는 것을 보는 것은 참으로 즐거운 일이었다. 나는 남녀를 불문하고 어떤 모임에나 초청되었고, 그 장소의 분위기를 어느 정도 좌우하게 되었다. 그런 일로 인해 유서 깊은 집안의 여인들과 스캔들을 불러일으키기도 했다. 또한 그 진위조차 모르는 뜬소문에 시달리기도 했다.

남성을 대할 때에 나는 상대방을 만족시키기 위해 프로테우스(그리스 신화에 나오는 바다의 신으로 변신의 귀재였다)처럼 변신했다.

쾌활한 사람들 사이에서는 항상 밝은 표정으로 행동했으며, 위엄 있는 사람들 사이에서는 위엄 있게 행동했다. 나는 사람들이 내게 조금이라도 호의를 보이거나, 친구로서 무언가를 도와주었을 때는 결코 그것을 그냥 지나치거나 잊어버리는 법이 없었다. 항상 신경을 쓰고, 그 고마움을 잊지 않았다는 걸 전했다.

그렇게 함으로써 상대방은 만족했고, 나 역시 그들과 친해지는 계기를 만들 수가 있었다. 이처럼 나는 어느 곳에 가든지 그 지역의 명사를 비롯해 여러 계층의 사람들과 가깝게 사귀게 되었다.

철학자들은 허영심을 '인간이 지닌 가장 천박한 마음'이라고 한다. 그러나 나는 그렇게 생각지 않는다. 허영심이 있었기 때문에 현재의 '나'라고 하는 인격이 형성된 것이라고 생각한다. 그리고 너에게도 젊은 날의 나와 같은 정도의 허영심은 있었으면 좋겠다는 생각을 한다. 허영심은 사실 인간을 출세시키는 원동력이 되기 때문이다.

감사할 줄 아는 사람이 되어라

지난번에 로마에서 갓 돌아온 지인에게서 네가 로마에서 대단한 환대를 받았다는 말을 듣고 매우 기뻤다. 파리에서도 틀림없이 마찬가지로 환대를 받을 것이라고 믿는다. 파리 사람들은 외국에서 온 사람들, 특히 예의가 바르고 마음이 따뜻한 사람들에게는 친절히 대한다.

그러나 그것을 마냥 좋아하며 받고만 있어서는 안 된다. 그에 대한 답례를 해야 한다. 아마 그들도 네가 자기 나라를 사랑하고 있으며, 자기들의 태도나 풍습을 좋게 여기고 있다는 것을 알면 매우 기뻐할 것이다.

그렇다고 일부러 마음에도 없는 말을 하라는 뜻은 아니다. 네게 진실한 마음이 있다면 너의 행동으로 충분히 드러날 것이다. 따라서 파리에서 환대를 받으면 그 정도의 답례를 해야 하지 않을까 싶구나. 네 생각은 어떤지 모르겠다. 하지만 내가 만일 아프리카의 낯선 고장에 가서 그곳 사람들에게서 분에 넘치는 환대를 받았다면, 상대가 누구든 나는 그 정도의 감사한 마음은 나타냈을 것이다.

쾌활함과 인내는 좋은 밑천이 된다

네가 파리에서 생활할 수 있도록 모든 준비는 해놓았다. 기숙사에도 즉시 입주할 수 있도록 해두었다. 최소한 6개월 동안 기숙사에서 생활할 수 있다는 것이 무엇을 의미하는지 잘 생각해 보아야 한다. 기숙사에서 생활하게 되면 파리의 젊은이들과 친하게 사귈 기회가 많아질 것이다.

너는 완벽에 가까울 정도로 프랑스어가 능숙하니까 곧 프랑스 사회에 적응하리라고 본다. 나는 네가 어느 누구보다도 충실한 나날을 보내리라고 믿는다. 이보다 더 바랄 게 뭐가 있겠느냐?

프랑스로 유학을 간 대부분의 영국 청년들은 프랑스어를 제대로 구사하지 못한다. 게다가 사람을 사귀는 방법도 모르니까 자기표현을 제대로 할 리가 없지. 그러니 프랑스 사회에서도 평판이 좋지 않은 게 당연하다.

결국 그들은 무기력해져서 이내 겁쟁이가 되고 만다. 그러나 너는 겁쟁이가 되어서는 안 된다. 상대방이 남성이든 여성이든, 겁이 많고 자신감이 없으면 자기 수준 이하의 친구와 사귈 수밖에 없다. 어떤 일을 하든지 자신이 할 수 없다고 생각하면 할 수 없으며, 할 수 있다고 생각하면 어떻게든 할 수 있는 법이다.

너 또한 간혹, 인간적으로 특별히 뛰어난 것도 아니고 교양도 없는데, 쾌활하고 적극적이며 끈기가 있다는 것만으로 성공한 사람들을 보았을 것이다. 그런 사람들은 남성이나 여성에게서 무시당하는 일이 없다. 또한 그들은 어떤 어려움을 당해도 좌절하는 일이 없다. 일곱 번을 넘어져도 다시 일어나 돌진하여, 결국은 자기가 세운 뜻을 끝까지 관철시킨다. 참으로 훌륭한 사람들이 아니냐!

너도 이것을 본받아야 한다. 네 인격과 교양을 가지고 밀고 나가면 훨씬 더 빠르게 그 목표에 도달할 것이다. 너에게는 낙천적인 마음이 있으며, 좌절해도 다시 일어설 수 있는 힘이 있다는 걸 명심해라.

포기하지 않는 사람에게는 반드시 길이 열린다

사회에서 활동하는 데 첫 번째 전제 조건은 바로 '재능'이다. 자기 생각이 확실하고, 그것을 다른 사람 앞에서 불필요하게 드러내지 않으며, 확고한 의지와 불굴의 인내심이 있으면 세상에 두려울 것이 없는 법이다.

일부러 불가능에 도전할 필요는 없지만, 혹시라도 해야 한다면 온 갖 방법과 수단을 동원해 도전하면 어떻게든 길이 열린다. 한 가지 방법으로 안 되면 다른 방법을 시도해 알맞은 방법을 찾아내면 된다.

역사를 조금 거슬러 올라가 보면, 굳은 의지와 끈기로 자신의 뜻을 관철시킨 사람이 제법 많다는 사실을 알 수 있다. 예를 들면 마자랭 추기경과 몇 차례 협상한 끝에 '피레네 조약'을 체결한 재상 돈 루이 드 알로가 그렇다. 그는 타고난 냉정함과 인내심으로 협상을 유리하 게 이끌었다.

마자랭 추기경은 이탈리아인 특유의 쾌활함과 성급함의 표본 같 은 인물이었다. 반면에 돈 루이 드 알로는 스페인 사람 특유의 냉철 함과 침착함, 인내력을 겸비한 인물이었지.

협상 테이블에 앉은 마자랭의 가장 큰 관심사는 파리에 있는 숙적 콘데 공이 다시 반란을 일으키지 못하도록 저지하는 일이었다. 그래 서 조약 체결을 서둘러 매듭짓고 하루라고 빨리 파리로 돌아가고 싶 었다. 자기가 파리를 비워두고 있으면 무슨 일이 일어날지 몰랐기 때 문이다.

이 점을 눈치 챈 돈 루이는 협상할 때마다 콘데 공의 이야기를 꺼 내는 것을 잊지 않았다. 그 때문에 마자랭은 한때 협상 테이블에 앉 는 일조차 거부했을 정도였다. 하지만 시종일관 냉정함으로 끝까지 밀어붙인 돈 루이가 결국은 마자랭과 프랑스 왕조의 생각과 국익에 반해서 조약을 유리하게 체결하는 데 성공을 거두었다.

중요한 것은, 불가능과 가능을 분별하는 능력이다. 비록 어려운 협상이라고 할지라도 관철하려는 정신력과 인내력이 있으면 어떻게든 되는 법이다. 물론 이때 주의력과 집중력이 필요하다는 사실은 두말할 필요도 없다.

4장
인간관계의 중요성을 마음에 새겨라

어떻게 해야 신뢰받는 사람이 될 수 있을까?

이미 앞에서 나는 어떠한 사람들과 교제해야 하는가를 이야기했다. 오늘은 그 사람들을 만날 때 어떻게 행동해야 하는가에 관해 이야기하려고 한다.

상대방을 기쁘게 해주려는 마음을 가져라

네가 먼저 알아두어야 할 것은, 아무리 훌륭한 사람들과 만나 교제한다 해도, 상대방을 기쁘게 해주려는 마음이 없으면 신정한 인간관계가 이뤄지지 않는다는 점이다.

언젠가 네가 스위스를 여행하며 편지를 보낸 적이 있었지. 사람들로부터 친절한 대접을 받게 되어 매우 기뻤다는 내용의 편지였다. 그래서 나는 너에게 친절을 베풀어 준 분들에게 감사의 편지를 써 보냈다. 그와 동시에 너에게도 이런 편지를 썼는데, 기억하느냐?

"만일 상대방이 너에게 마음을 써주어서 그토록 기쁘다면 너 역시도 상대방에게 그렇게 마음을 쓰거라. 네가 진심으로 상대방을 대하면 그만큼 상대방도 기뻐하는 법이다."

이것이 사람을 사귀는 데 기본 수칙이 아닐까 싶구나. 사람이란 자기가 사랑하는 사람이나 존경하는 친구를 언제나 염려하며 그들을 기쁘게 하고픈 마음을 가지고 있다. 물론 이런 마음이 없으면 실제로 사람들을 기쁘게 해줄 수가 없다. 결국 인간관계의 기본 수칙은 상대방을 배려하는 마음이다. 배려심이 있으면 어떤 말과 행동을 취해야 좋은지 자연스럽게 알 수 있다.

우리는 대부분 주변 사람들에게 기쁨을 주고 싶다는 마음을 가지고 있지만, 실생활에서 어떻게 해야 사람을 기쁘게 하는지 알고 있는 사람은 드물다. 하여 나는 네가 꼭 이것만큼은 알아두었으면 한다. 물론 무슨 특별한 원칙이 따로 있는 것은 아니지만, 다만 한 가지, 다른 사람이 너를 기쁘게 했다면 너도 그 사람에게 똑같이 해주라는 것이다.

곰곰이 생각해 보면 금방 알 수 있다. 다른 사람이 너에게 무엇을 해주었을 때 네가 어떤 표정을 지으며 기뻐했는가를 떠올려보아라. 그러니 너도 똑같은 일을 해주면 된다. 상대방도 분명히 너와 똑같은 방식으로 기뻐할 것이다.

혼자서 떠들지 마라

그럼 어떻게 하면 상대방을 기쁘게 해줄 수 있을까? 그리고 어떤 점을 조심해야 할까?

어디에서든지 말을 잘하는 것은 좋다. 하지만 혼자서 계속 떠들어 댄다는 것은 매우 경계해야 할 일이다. 만일 오랜 시간 동안 혼자서 말을 하지 않으면 안 될 상황이라면, 적어도 듣는 사람이 지루해 하지 않도록, 재밌게 들을 수 있도록 마음을 써야 한다.

그러나 그것도 가능하면 피하는 것이 바람직하다. 본래 대화란 혼자 독점하는 것이 아니라 나누는 것이다. 너 혼자서 모든 사람들의 몫까지 독차지해서는 안 된다. 더구나 각자 자기의 몫을 차지할 능력이 있는 사람들과 대화할 경우에는, 꼭 할 말만 하면 된다.

가끔 모임에 가서 보면 혼자서 계속 말하는 사람을 볼 수 있다. 게다가 그들은 가장 말수가 적은 사람이나 우연히 옆자리에 앉아 있는 사람을 붙잡고서 소곤거린다. 참으로 예의에 벗어난 사람으로, 아무리 미화시키려 해도 올바른 태도라고는 볼 수는 없다. 대화라는 것은 서로 다른 의견을 나누어 하나로 만들어 나가는 것이다.

물론 네 자신이 그러한 몰지각한 사람에게 붙잡혀 고문 아닌 고문을 받는다면, 어쩔 수 없이 참아야 할 것이다. 적어도 겉으로는 그 사람의 말을 듣는 척하고 가만히 참고 있어야 한다.

절대로 드러내 놓고 면박을 주어서는 안 된다. 그런 사람에게는 네가 조용히 귀를 기울여 주는 것이 매우 기쁠 것이다. 혹시라도 네가 이야기 도중에 등을 돌리거나 아주 참기 힘든 표정을 지으면, 그는 그것을 매우 모욕적으로 받아들일 것이다.

상대방에 따라 화제를 바꾸어라

우리는 대화를 통해 상대방을 알 수 있다. 대화의 내용은 될 수 있으면 그곳에 모인 사람들이 모두 관심을 갖고 있는 것이나 서로에게 유익한 것을 선택하면 좋다. 역사나 문학, 여행담 등을 화제로 삼는다면, 날씨나 패션, 떠도는 소문 같은 것보다는 훨씬 유익하고 즐거운 대화가 될 것이다.

물론 가볍고 재치 있는 유머가 필요할 경우도 있다. 알고 보면 실없는 이야기지만, 각양각색의 사람들이 모였을 때는 공통적인 화제로 적당한 때가 많다. 더욱이 무엇인가를 협상할 때, 혹은 더 이상 대화를 계속하면 험악한 분위기가 될 수도 있을 때 가벼운 이야기를 하면 분위기가 한결 부드러워질 수가 있다. 긴장된 분위기 속에서 잠깐 재치 있는 화제를 꺼냈다고 해서 부끄러워할 필요는 없다. 오히려 너의 재치 있는 화술은 사람들의 주의를 끌 것이다.

이때의 화제로는 음식에 관한 이야기나 술, 향수의 제조법 등이 적당하다. 이것들은 가벼운 화제이면서도 누구나 관심을 가질 수 있는 화제이기 때문이다. 상대에 따라서 화제를 바꾸어야 한다는 말은 새삼 하지 않겠다. 누가 가르쳐 주지 않았다고 해서 언제나 똑같은 화제를 똑같은 태도로 꺼낼 정도의 바보는 아닐 테니까. 정치가에게는 정치에 적합한 화제가 있고, 철학자에게는 철학에 적합한 화제가 있다. 물론 여성에게는 여성의 취향에 맞는 화제가 있다.

인생 경험이 풍부한 사람이라면 그런 것 정도는 이미 알고 있다. 몸의 빛깔을 자유자재로 바꾸는 카멜레온처럼 너도 만나는 사람마다 그 사람에게 적당한 화제를 꺼내어 대화해라. 그렇다고 해서 교활하다거나 야비하다고 말할 사람은 아무도 없다. 이러한 융통성은 교제를 할 때 없어서는 안 될 윤활유와 같은 것이라고 생각하기 바란다.

굳이 네가 그곳에서 분위기 메이커가 될 필요는 없다. 오히려 분위기에 맞추어 나가는 편이 낫다. 분위기를 재빨리 읽은 다음 진지해지기도 하고 쾌활해지기도 해라. 필요하면 농담을 하는 것도 바람직하다. 이러한 태도는 특히 여러 사람들이 모인 자리에서는 기본 에티켓과 같은 것이다.

만일 자기에게 자신 있는 화제가 없으면 굳이 먼저 화제를 꺼낼 필요는 없다. 그보다는 다른 사람의 시시한 이야기에 잠자코 맞장구를 치는 편이 낫다. 될 수 있으면 의견이 대립되는 화제는 피하는 편이 좋다. 의견을 달리하는 쪽에서 험악한 분위기를 만들지도 모르니까 자칫 의견이 대립되어 논쟁이 고조될 듯하면 그냥 얼버무리든가, 기지를 살려서 그 화제에 종지부를 찍는 편이 좋다.

자기 얘기는 되도록 삼가라

어떤 경우에서든 해서 안 되는 말은 자기 자신에 대한 자랑이다. 가능하면 자기 자랑은 피하도록 해라. 아무리 훌륭한 사람이라도 자신의 이야기를 하다 보면 자기도 모르게 허영심이나 자존심이 생겨 다른 사람들에게 불쾌감을 준다.

자기 자신의 이야기를 하는 사람에게도 여러 부류가 있다. 이야기의 흐름과는 전혀 상관없이 자기 이야기를 불쑥 꺼낸 다음 자기 자랑으로 일관하는 사람이 있는데, 참으로 예의에 어긋나는 사람이다.

물론 좀 더 교묘하게 자기 이야기를 꺼내는 사람도 있다. 이를테면 마치 자기가 억울하게 비난을 받고 있는 것처럼 행동하며, 그런 비난은 부당하다면서 자기를 정당화하고, 결국은 자기 자랑으로 이어지는 것이다.

"사실 나도 이런 말을 하는 게 우스워 말하고 싶지 않았어요. 하지만 해도 해도 너무 해요. 내가 하지도 않은 일로 이렇게 심한 비난을 받지만 않았다면, 설령 입이 열 개라도 이런 말은 하지 않았을 거예요."

누구나 비난을 받으면 평소에는 입 밖에 내지 않을 말까지 하면서 자신을 정당화한다. 그것을 이해하지 못하는 바는 아니다. 그러나 자신의 혐의를 벗기 위해서 온갖 수단과 방법을 동원해 전혀 다른 사람처럼 포장한다면 문제는 달라진다. 속이 뻔히 들여다보이는 말을 해서 경박한 인간으로 전락하는 것은 교양 있는 인간으로서 할 일이 아니다.

한편 은근히 자기를 비하하면서 자기 이야기를 꺼내는 사람도 있다. 이것은 더욱 어리석은 수작이다. 그런 사람의 특징은 우선 자기는 나약한 인간이라고 고백한다. 그 다음에 자기가 얼마나 불행한 사람인지 한탄하고, 어떤 어려움이 닥쳐도 기독교도로서 부끄럽지 않게 살 것이라는 맹세를 한다.

그들은 아무리 스스로 자신들의 불행을 한탄해도 주위 사람들의 동정을 얻지 못한다는 사실을 깨달아야 한다. 주위 사람들은 그들의 말을 듣고는 있지만 힘이 되어 주지도 않으며, 그저 곤혹스러워하고 당황할 뿐이다. 본인들이 스스로 잘 표현하고 있는 것처럼, 그들에게는 힘이 부족하다. 그러니 어떻게 도와줄 수도 없다. 따라서 주위 사람들은 당연히 당혹스러울 수밖에 없다. 그런데 거기까지 생각이 미치지 못하는 그들은, 자기 스스로도 바보 같은 짓이라는 것을 알면서 푸념을 멈추지 못한다.

더욱 나쁜 것은, 그들 자신이 자기처럼 결점투성이인 인간은 성공은커녕 사회에서 순탄하게 살아가는 것조차 어렵다는 사실을 알고 있다는 점이다.

하지만 그렇다고 해서 그 버릇을 고치지도 못한다. 그래서 최후의 발버둥을 치면서 저항을 하는 것이다. 너는 믿지 못하겠지만 이것은 사실이다. 너도 언젠가는 이런 사람들을 만날 테니 주의하거라.

자기 자랑으로 높아지는 사람은 없다

허영심이나 자존심은 표출하는 것보다 표출하지 않는 것이 낫다. 어떤 사람은 아주 시시콜콜한 것까지 내세워 노골적으로 자기 자랑을 늘어놓는다. 그들은 오로지 칭찬받고 싶은 마음으로 자기 자랑을 늘어놓지만, 실제로 칭찬받는 일은 거의 없다.

이를테면. 자기와 별로 관계도 없는 사람과 연결시켜 마치 자기가 그들이라도 된 것처럼 말하는 사람이 있다. 자기는 유명한 인물의 자손이라는 둥 혹은 잘 나가는 누구의 친구라는 둥 아주 자랑스럽게 이야기하는 것이다. 즉 우리 할아버지는 누구이고, 백부는 누구이며, 친구는 누구라고 그칠 줄 모르고 계속 자기 자랑을 늘어놓는다. 하지만 실상을 보면 아마 제대로 만난 적도 없는 사람들일 것이다. 그래, 그것도 좋다. 그런데 그것이 정말이라고 해도 그것이 어쨌다는 말인가? 그렇다고 해서 그 사람이 훌륭한가? 절대로 그렇지가 않다.

114

또는 혼자서 위스키 한 박스를 비웠다고 자랑스럽게 말하는 사람이 있다. 그러한 사람을 위해서 진심으로 말하건대, 제발 그러한 거짓말은 하지 말았으면 좋겠다. 만일 그러한 사람이 있다면 그는 인간이 아니라 괴물이다.

우리 인간은 허영심 때문에 어리석은 말을 하거나 이야기를 과장하여 오히려 자기의 평판을 떨어뜨린다. 본질과 전혀 관계 없는 말을 꺼내어 자랑하는 것은, 스스로 아무것도 아니라는 걸 폭로하는 것이나 다름없다. 말하지 않아도 장점은 스스로 빛난다.

이처럼 어리석은 행위를 저지르지 않으려면 자기 이야기를 하지 말아야 한다. 어쩔 수 없이 자신의 이야기를 해야만 할 상황이라면, 자기 자랑을 하고 있다고 오해받을 말은 일체 삼가는 것이 좋다.

인격이란 옳고 그름에 관계없이 드러나게 되어 있다. 그러므로 일부러 자기가 스스로 말할 필요가 없다. 본인이 자기 입으로 인격을 말한다면 누가 믿어 주겠는가.

잘못을 고백한다고 해서 결점이 가려진다든가, 장점이 더욱 빛날 것이라는 생각은 아예 하지 않는 게 좋다. 오히려 말을 하면 할수록 결점은 한층 두드러지며 장점은 더 흐릿해질 것이다.

스스로 아무 말도 하지 않고 가만히 있으면 다른 사람들에게 최소한 겸손하다는 평가는 받을 것이다. 게다가 불필요한 질투나 비난, 또는 비웃음을 사서 정당한 평가가 방해받는 일도 없게 된다.

아무리 교묘하게 변장을 했더라도 자기 스스로 말해 버리면 주위

사람들의 반감을 사서 뜻하지 않은 결과를 낳게 될 것이다. 그런 불
행을 방지하기 위해서는 자기 이야기를 가능한 하지 않는 것이 현명
한 일이다.

가볍게 처신하지 마라

도무지 무슨 생각을 하는지 알 수 없는 사람이나 분위기가 매우 어두워 보이는 사람이 있다. 이런 사람도 칭찬받지는 못한다. 우선 인상이 좋지 않아 엉뚱한 오해를 받기 쉽다. 또한 어떤 생각을 하는지 알 수 없는 사람에게는 아무도 자신의 속마음을 털어놓으려 하지 않을 것이다.

현명한 사람은 속으로는 신중하더라도 그것을 밖으로 드러내지 않아 사람들과 쉽게 친해진다. 그리고 자기 본심은 굳게 지키면서, 언뜻 보기에는 소탈하게 보여 아무도 그를 경계하지 않는다.

이처럼 본심을 드러내지 않는 이유는, 아무 말이나 함부로 지껄여 버리면, 대부분 그 말이 어딘가에서 자기들 편리한 대로 이용되기 때문이다. 따라서 친절하게 행동하는 것도 중요하지만, 마찬가지로 신중함도 대화의 중요한 요소이다.

상대방의 말은 귀가 아니라 눈으로 들어라

대화를 나눌 때는 항상 상대방의 눈을 보아라. 그렇지 않으면 무언가 양심의 가책을 받는 일이 있나 오해를 받게 된다. 말하고 있는 상대방의 눈을 쳐다보지 않는 것만큼 큰 실례는 없다.

이야기를 하면서 상대방을 보지 않고 천장을 쳐다보거나 창밖을 내다보거나 담뱃갑을 만지작거린다면, 대화하는 사람보다 그것이 더 중요하다고 공언하는 것과 같다.

만일 자존심이 강한 상대방이라도 걸리면 마구 화를 내고 증오심으로 얼굴을 찌푸릴 것이다. 다시 한 번 말하건대, 이러한 취급을 받고 자존심이 상하지 않는 사람은 없다.

상대방을 똑바로 쳐다보지 않고 이야기를 하는 것은, 단지 자신의 인상을 나쁘게 하는 것으로 끝나지 않는다. 그것은 자기 말이 상대방에게 어떻게 받아들여지고 있는가를 관찰할 기회를 스스로 포기하는 셈이다.

상대방의 마음속을 읽으려면 오히려 듣는 것보다도 보는 것이 나을 때가 많다. 마음속으로 생각하지 않은 것을 입으로 말하기는 간단하지만, 표정은 감추기가 어렵기 때문이다.

다른 사람들의 말에 너무 예민하게 반응하지 마라. 사람들의 나쁜 소문에 귀를 기울이지도 말고, 그것을 퍼뜨리지도 마라. 퍼뜨릴 당시에는 즐거울지 모르지만, 냉정하게 생각해 보면 어느 누구에게도 득이 되지 않는다. 시간이 지나면 오히려 남을 헐뜯은 사람보다 소문을 퍼뜨린 사람이 비난받을 확률이 높다.

웃음에도 품격이 있다

너무 큰소리로 웃지 마라. 큰소리로 웃는 것은 보잘것없는 것에서만 기쁨을 발견하는 어리석은 인간이나 하는 짓이다. 진짜로 재치 있고 현명한 사람은 결코 다른 사람을 바보같이 웃기거나, 자기도 바보같이 웃지 않는다. 웃더라도 소리 없이 미소만 지을 뿐이다.

비록 크게 웃을 일이 있어도 경박하게 큰소리로 웃지 마라. 무슨 일이 있을 때마다 껄껄거리고 웃는 것은 자신이 바보임을 입증하는 것과 다를 바 없다.

이를테면 누군가가 의자에 앉으려고 하는데 의자가 없어서 엉덩방아를 찧는다. 그것을 본 사람들이 한바탕 크게 웃는다. 이 얼마나 저속한 웃음이냐. 그런데도 즐겁다고 떠들어대는 것을 보면 참으로 저속하고 생각이 모자라는 사람들처럼 보인다.

나는 천박한 장난이나 시시한 우발사고를 보고 폭소하는 사람들에게 묻고 싶다. 좀 더 마음이 풍요로워지고 표정이 밝아지는 즐거움을 모르냐고 말이다. 더구나 그렇게 큰소리로 웃는다면 귀에 거슬리기도 하지만 보기에도 흉하다.

바보스런 웃음은 약간의 노력만으로도 간단하게 고칠 수가 있다. 다만 그것을 참지 못하는 것은, 사람들이 '웃음이란 좋은 것'이라는 고정관념에 사로잡혀 있기 때문이다. 그래서 그것이 아주 어리석은 짓이라는 점을 깨닫지 못하는 것이다.

작은 버릇 하나가 자신의 인상을 갉아먹는다

이야기를 하면서 헤프게 웃는 사람이 있다. 내가 알고 있는 월러씨도 그중의 한 사람이다. 성격은 아주 좋은데 딱하게도 웃지 않으면 이야기를 하지 못한다. 이 사람을 잘 모르는 사람들은 그가 이야기하는 모습을 보면 약간 머리가 이상한 사람이라고 생각한다. 하지만 그러한 평가를 받아도 어쩔 수 없다.

이외에도 나쁜 인상을 주는 버릇들은 많다. 대부분 처음 사회에 진출했을 때, 지루한 시간을 달래기 위해 무심코 한 어색한 동작이나 이상한 몸짓들이 그대로 몸에 굳어 버렸기 때문이다.

처음 사회에 진출하면 어떻게 처신해야 좋을지 몰라 온갖 표정이나 온갖 동작을 시도해 보는 법이다. 코를 만지기도 하고, 머리를 긁

적이기도 하고, 괜스레 옷매무새를 만지작거리는 행동 따위가 어느새 버릇이 되고 만다.

어딘지 모르게 어색하고 불안해 보이는 사람은 바로 그런 버릇이 남아 있는 탓이다. 세상에는 의외로 그런 사람이 많다. 자신의 버릇을 알고 있다면, 좋은 버릇이 아닌 한 고치는 게 좋다. 나쁜 짓을 하고 있는 것은 아니지만, 역시 보기에 좋지 않은 행동은 가능한 하지 않는 게 좋다.

모임에서 환영받는 사람이 되어라

어떤 조직에서는 재치나 유머, 농담 등이 통용되지 않는 경우가 있다. 그런 것은 특수한 토양에서 자라는 농작물처럼 다른 토양에 옮겨 심으려고 하면 부작용이 일 때가 많다.

이처럼 조직마다 특유의 문화라는 것이 있다. 거기에서 독특한 표현 방법이나 말씨가 생겨나고, 나아가서는 독특한 유머나 농담이 생겨나는 것이다. 그것을 토양이 다른 조직으로 가져가면, 금방 어색해지고 민망할 때가 많은 것은 어쩌면 당연한 일이다.

유머나 농담도 때와 장소를 가려라

재미없는 농담만큼 분위기를 썰렁하게 만드는 일도 없다. 좌석은 흥이 깨지고, 심한 경우에는 도대체 무엇이 그토록 재미있는지 설명하라는 요구까지 나오게 된다. 그럴 때의 참담한 심정이란 굳이 말할 필요도 없을 것이다.

이것은 설령 농담에만 해당되는 일은 아니다. 어떤 모임에서 들은 이야기를 다른 모임에 가서 함부로 말해서는 안 된다. 대단치 않은 일이라고 여길지도 모르지만, 그 말이 돌고 돌아서 생각했던 것 이상으로 중대한 사태를 초래할 수도 있다.

무엇보다 우선 그런 짓은 예의에 어긋난다. 특별한 제약은 없지만, 어디에선가 들은 이야기를 함부로 입 밖에 내지 않는 것은 무언의 약속이나 다름없다. 따라서 말을 함부로 옮기고 다니면 여기저기서 비난받을 뿐 아니라, 어디를 가도 환영받지 못한다.

어떤 호인도 소견 없이 큰 인물이 될 수 없다

어떤 조직이나 이른바 호인이 있다. 호인이라는 이유 하나만으로 그 조직에 들어간 사람이다. 그들을 자세히 관찰해 보면, 실상은 무능력할 뿐만 아니라 매력도 없으며, 자신의 의견이나 의지가 없는 경우가 적지 않다.

그들은 동료들의 일이나 말에 무조건 동의하며 양보하고 칭찬을 한다. 동료들의 대부분이 동의했다는 이유만으로 아무리 잘못된 일이라도 아주 간단하게 영합해 버린다. 그는 그렇게 하는 것 외에는 다른 의견을 가지고 있지 않기 때문이다.

너는 조직에서 꼭 쓸모 있는 사람이 되도록 노력하기 바란다. 그러기 위해서는 확고한 의지와 마음을 가지고 있어야 하며, 무엇보다 그 것을 쉽게 바꾸지 않는 신념이 필요하다.

자신의 의지를 표현할 때는 예의 바르게 하되 유머 있고, 품위 또한 갖추기 바란다. 지금 네 나이로는 명령조의 말이나 다른 사람을 비난하는 듯한 말을 하기에는 아직 이르다.

무조건 사람들의 눈에 들기 위해 하는 아첨이 아니라면, 다른 사람에게 친절한 것은 비난받을 만한 일이 아니다. 오히려 다른 사람과 교제하기 위해서는 꼭 필요한 것이다.

이를테면 사소한 결점은 못 본 체하거나, 설령 눈에 거슬리는 말이나 행동을 하더라도 눈감아 주어라. 일정한 범위 내에서는 듣기 좋은 말을 하는 것도 필요하다. 상대방에 따라서는 그 칭찬으로 사기가 고무되어 더 나은 인간이 되려고 노력하는 사람도 있기 때문이다.

조직의 리더를 따르는 것도 능력이다

어떠한 조직이든 그 조직만의 언어나 패션, 취미나 교양 등을 좌우하는 인물이 있다. 만일 그 인물이 여성이라면 아마 미모와 기지, 패션, 그 밖의 모든 면에서 뛰어난 사람일 것이다.

그러한 사람은 잠깐 주위를 매혹시키는 것이 아니라 좀 더 근원적인 면에서 조직 전체를 이끌고 나갈 만한 자질을 가지고 있을 것이다. 또한 그런 사람에게는 일종의 위엄이 있다. 따라서 사람들의 눈이 그 사람에게 집중되는 것은 자연스런 일이다.

만일 그런 사람을 따르지 않으면 아마 주위에서 금방 따돌림을 당할 것이다. 그 어떤 재치나 예절, 취미, 옷차림도 거부당할 것이다. 따라서 그런 사람에게는 저항하지 말고 순순히 따르는 게 좋다. 필요하다면 약간의 아부도 도움이 된다.

남을 배려할 줄 아는 사람이 되어라

언제나 상대방을 배려하는 마음을 갖도록 노력해라. 다른 사람을 화나게 하기보다는 기쁘게 해주고 싶고, 비난을 받기보다는 칭찬을 받고 싶고, 미움을 받기보다는 사랑을 받고 싶다면 더욱 그렇다.

예컨대 사람에게는 제각기 조그만 버릇이라든가 취미, 좋고 싫음과 같은 것이 있다. 바로 그것을 유심히 관찰하여라. 그래서 가능하면 좋아하는 것을 내보이되 싫어하는 것을 감춘다.

예를 들면 "당신이 좋아하시는 술을 마련해 놓았습니다." 혹은 "그분을 좋아하시는 것 같지 않아서 오늘은 초대하지 않았습니다." 같은 말을 해도 좋다. 그러한 자연스러운 배려가 상대방의 마음을 열게 하고, 자기를 이렇게까지 신경을 써주는가 싶어 감격할 것이다.

126

이와 반대로 상대가 싫어하는 것을 알고 있으면서도 부주의로 그
것을 내놓는다면 결과는 뻔하다. 상대방은 바보 취급당했다고 오해
하거나, 멸시를 당했다고 생각해 속으로 괘씸해 할 것이다.

아주 사소한 것이라도 신경을 써야 한다. 오히려 사소한 것에 상대
방은 특별한 배려를 느끼며 감격하는 법이다.

너도 아주 사소한 배려가 얼마나 기뻤던가를 경험으로 알 것이다.
그리고 인간이라면 누구나 지니고 있는 허영심이 그 일로 얼마만큼
만족하게 되었는가를 느껴 보았을 것이다. 오직 그 사소한 배려로 그
사람에게 호의를 갖게 되고, 그 사람이 한 행위 모두를 호의적으로
받아들이게 되지는 않았던지 생각해 보아라. 인간이란 바로 그런 존
재이다.

상대방이 칭찬받고 싶어 하는 것을 칭찬하라

특정한 사람에게 호감을 얻고 싶거나 그 사람과 친구가 되고 싶다
면, 우선 그 사람의 장단점을 찾아내어라. 그런 다음 그 사람이 칭찬
받고자 하는 점을 칭찬하는 것도 좋다.

사람에게는 실제로 우수한 면과 우수하다고 인정받고 싶어 하는
면이 있다. 우수하다고 인정받고 싶어 하는 면을 칭찬하면, 으레 우
수한 부분에 대해 칭찬받는 것보다 더 기뻐한다. 이보다 더 자존심을

만족시켜 주는 것은 없을 것이다.

예컨대 추기경 리슐리외를 떠올려 보아라. 그는 정치가라는 명성에 만족하지 못하고, 누구보다 뛰어난 시인으로 인정받고 싶다는 쓸데없는 허영심을 가지고 있었다. 그래서 위대한 극작가인 코르네요의 명성을 질투해 다른 평론가에게 부탁해 억지로 코르네요의 「르 시드」의 비평을 쓰게 했다.

이런 추기경을 지켜본 아첨꾼들은 리슐리외의 정치 수완에 대해서는 거의 언급하지 않거나, 언급을 해도 극히 형식적인 범위에 그쳤고, 오로지 시인의 재능만 극구 칭찬했다. 그들은 리슐리외가 어떤 칭찬을 원하는지를 알았고, 그것을 그들의 호의를 표시하는 데 써먹었다. 사실 리슐리외는 정치 수완에는 자신이 있었지만 시인의 재능에는 자신이 없었던 것이다.

인간은 누군가로부터 칭찬을 받고 싶어 하는 부분이 있다. 그것을 찾아내기 위해서는 유심히 관찰하는 것이 가장 좋다. 그 사람이 즐겨 화제로 삼는 것을 주의해서 살펴보아라. 사람들은 대개 자기가 칭찬받고 싶은 것, 뛰어나다고 인정받고 싶은 것을 가장 많이 화제에 올리는 법이다. 그곳이 바로 급소이므로 적절한 시기에 찔러 주면 쉽게 상대방을 공략할 수 있다.

때로는 눈감아 주는 아량도 필요하다

그렇다고 내가 사람의 마음을 야비한 아첨으로 조종하라고 말하는 것이 아니니, 오해하지 말거라. 상대의 결점이나 나쁜 행동까지 굳이 칭찬할 필요는 없다. 사실 칭찬해서도 안 된다. 오히려 그런 점은 지적해 주고 충고해 주어야 한다.

그러나 분명히 알아두어야 할 점은, 인간의 결점이나 천박하고 주책없는 허영심에 눈을 감지 않으면, 이 세상을 살아갈 수 없다는 것이다.

현명한 사람으로 인정받고 싶다거나, 아름답게 보이고 싶다는 생각을 했다 하더라도 그 생각이 다른 사람에게 해를 끼치는 것은 아니다. 오히려 그 마음 자체는 순박하기까지 하다. 따라서 그런 생각이 잘못된 것이라고 다른 사람들에게 강요해 보았자 소용없는 일이다. 그러므로 지적해서 불쾌감을 주는 것보다는 차라리 다소의 공치사를 하더라도 그들의 마음을 기쁘게 하여 가까이 지내는 편이 낫다.

물론 상대방에게 장점이 있으면 너도 진심어린 박수를 보낼 수 있을 것이다. 하지만 그다지 뛰어나지도 않은데 그 조직에서 인정을 받는다면, 네 마음속에서는 부당한 처사에 대한 울분이 일지도 모르겠다. 하지만 그럴 때라도 차라리 눈을 감아 주고 칭찬하는 편이 나을 때도 있는 법이다.

너는 좀처럼 남을 칭찬해 주지 않는 것 같더구나. 그것은 네가 인간이 얼마나 칭찬을 좋아하는지, 인정받기를 원하는지, 또한 확실히 잘못된 생각이나 결점까지도 이해받기를 원하는지 아직 잘 모르기 때문이다.

우리는 자신의 생각뿐만 아니라 버릇이나 복장과 같은 하찮은 것까지도 흠을 잡히면 불쾌하게 생각하고, 인정을 받으면 크게 기뻐하는 법이다. 재미있는 이야기를 소개하마.

악명 높은 찰스 2세 통치 시대의 이야기다. 당시 대법관이란 직책을 맡았던 샤프츠베리 백작은 대신으로서 뿐만 아니라 개인적으로도 왕의 호감을 사고 싶었다.

왕이 여자를 좋아한다는 사실을 알고 있었던 샤프츠베리는 한 가지 계략을 짜냈는데, 그것은 자기도 첩을 두는 일이었다. 물론 실제로 그 여자를 가까이하지는 않았지만, 그 소문을 듣게 된 왕은 그에게 그것이 사실이냐고 물었다. 그러자 샤프츠베리는 "사실입니다. 그여자 외에도 여러 명 더 두고 있습니다. 생활에 변화가 있는 편이 훨씬 즐거우니까요."라고 대답했다.

며칠 후, 알현식 때 왕은 멀리서 샤프츠베리를 보자 주위 신하들에게 "모두들 믿지 못하겠지만, 저기에 있는 마음 약한 사나이가 이 나라에서 제일가는 난봉꾼이오."라고 말했다. 샤프츠베리가 가까이 다가가자 주위에서 웃음이 터졌고, 왕이 설명했다.

"지금 그대 이야기를 하고 있었소."

"예? 제 이야기를 말씀입니까?"

"그렇소. 그대가 이 나라에서 제일가는 난봉꾼이라고 이야기하고 있는 중이오. 어떻소? 내 말이 틀렸소?"

샤프츠베리는 말했다.

"아, 그 이야기 말씀입니까? 그것이라면 저도 제가 최고일 것이라고 믿고 있습니다."

왕이 얼마나 기뻐했는지 쉽게 상상이 갈 것이다.

인간에게는 저마다 특유의 사고방식과 행동 양식, 성격과 외모가 있다. 그것들에 대해서는 입 밖에 내어 이러쿵저러쿵 말하지 않는 것이 모종의 묵계처럼 되어 있다. 따라서 다소 사실과 다르더라도, 그것이 특별히 나쁜 일이나 자기의 위신을 깎는 일이 아니라면 자진해서 순응하는 것도 좋지 않을까 싶다.

안 보이는 곳에서 칭찬해라

상대방을 가장 기쁘게 하는 칭찬은, 다소 전략적이기는 해도 뒤에서 하는 칭찬이다. 물론 그냥 뒤에서 칭찬만 하는 것으로는 의미가 없다. 그 말이 상대방에게 확실히 전해져야 한다.

그래서 중요한 것이 칭찬한 말을 전해 줄 사람을 고르는 일이다. 이때 그 사람은 그 말을 전달함으로써 함께 득을 보아야 한다. 그렇게 되면 확실히 전해 줄 뿐만 아니라, 어쩌면 과장해서 칭찬해 줄지도 모른다. 다른 사람에 대한 찬사 중에서 이보다 더 기쁘고 효과적인 것은 없다.

　나도 네 나이 때 이런 것들을 알았더라면 그 얼마나 많은 도움이 됐을까 싶구나. 나는 이 정도의 것을 아는 데 무려 35년이나 되는 세월이 걸렸다. 하지만 네가 그 열매를 거두어 준다면 더 이상 바랄 게 없다.

친구가 많고 적이 적은 사람이 최고의 강자다

이 세상에 단 한 명의 적도 없는 사람은 없다. 그리고 모든 사람들에게 한결같이 사랑받는 사람도 없다. 이 말이 사랑받는 노력을 하지 않아도 된다는 뜻은 아니다. 내 오랜 경험을 통해서 보면, 이 세상에서 최고로 강한 사람은 친구가 많고 적이 적은 사람이다.

그런 사람은 원한을 사거나 질투를 받는 일이 좀처럼 없어서 누구보다 빨리 출세를 한다. 설령 몰락한다 해도 사람들의 동정을 받으며 화려하게 스러진다. '친구가 많고 적이 적다'는 것은 우리가 항상 마음에 새겨두고 노력해 볼 가치가 있는 하나의 목표라고도 할 수 있겠다.

나를 지키는 방패는 머리가 아니라 배려이다

이미 세상을 떠난 어몬드 공작에 대한 이야기를 너도 들은 적이 있는지 모르겠다. 머리는 나빴지만 예의범절에 관해서는 그를 따를 자가 없었다. 이 나라에서 제일가는 인품을 자랑했던 분이다.

본래 그분은 싹싹하고 다정한 성격인데다가 궁정 생활과 군대 생활에서 몸에 밴 유연한 말과 행동, 게다가 자상한 마음까지 가지고 있었다. 그러한 매력은 그분이 거의 모든 분야에서 무능력했음에도 불구하고 모든 것을 채우고도 남았다. 그분은 누구에게도 능력을 평가받지는 못했으나, 모든 사람에게 사랑을 받았다.

그분의 인품이 가장 뚜렷하게 나타난 것은 앤 여왕이 죽고 나서였다. 앤 여왕이 죽자 사람들이 불온한 움직임을 보여 탄핵 재판을 받게 되었다. 당시 어몬드 공작 또한 같은 혐의로 똑같은 처벌을 받게 되어 있었다. 그러나 그는 탄핵은 받았지만, 당시 정당간의 치열한 다툼 속에서도 치명적인 몰락만큼은 모면할 수 있었다.

어몬드 공작에 대한 탄핵 결의안은 다른 사람들보다 훨씬 적은 표로 상원을 통과했던 것이다. 그리고 탄핵의 주동자이기도 했던 당시의 국무대신인 스텐호프가 앤 여왕의 뒤를 이은 조지 1세와 재빨리 협상하는 등 조정에 나서, 다음날은 공작을 왕에게 접견시킬 준비까지 세워 놓았다.

그때 어몬드 공작을 빼앗겨서는 이 소송에 이길 수 없다고 판단을 내린 스튜어트 왕조 부활파의 로체스터 주교는, 이 머리가 잘 돌아가지 못하는 공작에게로 달려가서 "조지 1세와 접견해 봤자 불명예스러운 복종을 강요당할 뿐 용서받을 수가 없다."라고 말하며 어몬드 공작을 설득하여 도망치도록 했다.

그 후 어몬드 공작의 모든 특권을 박탈한다는 안건이 가결되었을 때에도 많은 사람들은 그것에 항의하는 등 대소동이 일어났다. 이처럼 공작은 적이 적은 반면 호감을 가지고 있는 사람은 헤아릴 수 없이 많았다.

어쨌든 이 모든 일이 실은 공작이 다른 사람을 기쁘게 해주고자 하는 인자한 마음씨를 가지고 있었고, 그것을 몸으로 실천했기 때문에 일어난 일이었다.

사랑을 얻는 일에 부지런하라

사람이 성공하기 위해서는 다른 사람들의 호의와 애정, 그리고 선의가 필요하다. 이런 것들을 손에 넣기 위해서는 무엇보다 얻고자 하는 의지와 노력이 중요하다. 지금까지 노력하지 않고 얻은 사람은 아무도 없다.

내가 사람들의 호의와 애정이라고 말하는 것은, 연인들 사이의 감상적인 감정이나 친구 사이의 우정처럼 가까운 사이에 형성되는 감정과는 다르다. 다양한 사람들과 관계를 맺을 때 적당한 방법으로 기쁘게 할 때 얻을 수 있는, 좀 더 광범위한 호의와 애정, 선의를 가리키는 것이다.

이러한 감정은 그 사람과 이해관계가 얽히지 않는 한 언제까지나 계속되는 법이다. 물론 이보다 더 많은 호의를 얻을 수 있는 상대는 가족을 포함하여 기껏 두세 사람이 될까말까 할 것이다.

만일 누군가 나더러 지금까지 살아온 40년 이상의 경험을 가지고 20세부터 인생을 다시 시작해 보라고 한다면, 나는 가능한 많은 사람으로부터 사랑을 받는 데 힘쓸 것 같다. 지난날처럼 자기만을 바라보기 원하는 이성의 마음을 사로잡는 데만 정성을 쏟고, 다른 사람은 어떻게 돼도 좋다는 행동은 하지 않겠다.

가끔 자기가 교제하고 싶은 사람의 평판이 그다지 좋지 않아 고민할 일이 생긴다. 이런 일은 능력 있는 사람에게는 흔히 일어나는 일인데, 이때 너는 많은 사람들의 사랑을 받는 사람을 선택해라. 그것이 네가 살아가는 데 아주 든든한 방패가 될 것이다.

남녀를 막론하고 인간은 덕망에는 약한 법이다. 따라서 덕망이 있는 사람은 성공할 가능성이 크다. 여자들도 덕망이 있는 남자에게 쉽게 마음이 끌린다. 덕망을 얻는 것은 그다지 어려운 일은 아니다. 우아한 몸가짐, 진지한 눈매, 마음의 배려, 상대를 기쁘게 하는 말, 분위기, 옷차림 등 아주 자그마한 행위가 모여서 상대의 마음을 사로잡게 된다.

내가 지금까지 만난 사람들 가운데에는 매우 아름다운 외모임에도 불구하고 내 마음을 사로잡지 못하는 여성이 있었고, 사리 분별은 있지만 아무리 해도 가까워지지 않는 인물이 꽤 있었다. 너는 아마 그 이유를 알고 있을 것이다.

　그렇다. 그들은 자기의 미모와 능력에 자신이 있었기 때문에, 사람의 마음을 사로잡는 기술을 몸에 익히는 데는 게을리 했던 것이다. 참으로 큰 실수를 저지른 것이지.

　나는 그다지 아름답다고는 말할 수 없는 여성을 사랑한 일이 있다. 비록 외모는 볼품없었지만 그 여성은 매우 품위가 있었고, 다른 사람을 기쁘게 하는 방법, 이를테면 마음을 사로잡는 방법을 알고 있었다. 돌이켜 보건대, 내 평생 그녀를 사랑했던 것보다 더 누군가를 사랑했던 적은 없었던 것 같다.

5장
사람의 마음을 사로잡는 법을 배워라

골조만 있고 장식 없는 건물은 되지 마라

사람을 건축물에 비유한다면, 너는 거의 골격이 완성되어 가는 건물이라고 할 수 있다. 이제 남은 과정은 건물을 아름답게 마무리하는 일이다. 그것은 네게 부과된 과업이며, 또한 나의 관심사이기도 하다.

나는 네가 되도록 많은 소양과 품위를 갖추었으면 좋겠다. 소망과 품위라는 게 골조가 허약한 경우에는 하찮은 장식에 불과하지만, 골조가 튼튼할 때에는 건축물을 돋보이게 하는 중요한 일부가 된다. 사실 아무리 튼튼한 골조로 이루어진 건물이라도 장식이 없으면 매력적으로 보이긴 힘든 경우가 많다.

토스카나식 건축을 알고 있겠지? 토스카나식은 모든 건축 양식 중에서 가장 견고하지만, 동시에 가장 멋없고 세련미가 떨어지기는 양식이기도 하다. 튼튼하다는 점에서 보자면, 규모가 큰 건축물의 기초나 토대를 만드는 데는 안성맞춤이라고 할 수 있지만, 모든 건축물을 죄다 이런 식으로 세워 버린다면 과연 어떻게 되겠느냐?

아무도 건물 따위에는 시선을 주지 않게 될 것이다. 그 앞에서 걸음을 멈추는 사람도 없을 것이고, 일부러 안으로 들어가 보려는 사람도 없을 것이다. 건물 모양이 멋없고 딱딱하므로 나머지는 보지 않아도 알 수 있다는 생각이 들 게 뻔하다. 구태여 안으로 들어가는 수고를 할 일이 없는 것이다.

그런데 토스카나식의 토대 위에 단순하면서도 웅장한 도리아식, 기품 있고 고상한 이오니아식, 섬세하고 화려한 코린트식의 기둥이 늘어서서 변화무쌍한 아름다움을 겨룬다면 어떨까?

건물 따위에는 전혀 흥미가 없는 사람이라도 저절로 눈길을 빼앗기고, 아무 생각 없이 지나가던 사람이라도 홀린 듯이 발걸음을 멈추게 될 것이다. 그리고 그 안을 보고 싶다는 충동에 못이겨 실제로 안으로 들어가 보지 않겠느냐?

자신을 돋보이게 하는 재능을 길러라

여기 한 남자가 있다. 지식이나 교양은 보통 수준이지만, 인상이 좋고 말솜씨도 뛰어나 호감이 가는 사람이다. 말과 행동에 품위가 있고, 정중하면서도 붙임성이 있는, 말하자면 자기 자신을 돋보이게 하는 남다른 재주를 가진 사람이다. 한편 지식이 풍부하고 판단력 또한 정확한 사람이 있다. 하지만 그는 남으로부터 호감을 얻는 재주는 없다. 둘 중 누가 이 거친 세상을 잘 살아나갈 수 있을까?

물론 첫 번째 남자다. 자신을 돋보이게 할 줄 아는 사람만이 더 많은 기회를 얻을 수 있기 때문이다.

사실 보통 사람들의 마음을 사로잡는 것은 언제나 겉모습이다. 아마도 지구상의 사람들 4분의 3은 겉모습을 보고 평가할 것이다. 그들에게는 예의범절이나 몸가짐, 처세술이 보이는 전부임 셈이다. 그 이상 내면이나 의식은 들여다보려고도 하지 않는다.

처음부터 끝까지 품위를 지켜라

사람의 마음을 사로잡으려면 먼저 오감에 호소하라. 눈과 귀를 즐겁게 하여 이성을 꼼짝 못하게 한 다음 마음을 빼앗는 것이다. 그런 의미에서는 처음부터 끝까지 철저하게 품위를 지키기를 바란다. 똑같은 일이라도 품위 있는 행동이 아닌 것은 받아들이는 사람에게는 하늘과 땅의 차이다.

네가 만일 시원스럽게 대답하지도 못하고, 옷차림도 단정치 못하며, 말도 더듬거리거나 작은 목소리로 우물쭈물하는 어눌한 사람을 만난다면 어떤 첫인상을 가질까 생각해 보아라.

비록 그 사람이 굉장히 훌륭한 사람이고 마음이 아주 착한 사람일지라도, 너는 그러한 것들을 들여다볼 마음의 여유 없이 그에게 거부감이 먼저 들 것이다.

한편 말과 행동거지가 반듯해 태도에서 품위가 느껴진다면 어떤 기분이 느껴지겠느냐? 비록 마음이나 인격이 형편없는 사람이라 해도, 너는 그 사람을 본 순간 마음을 빼앗겨 그 사람에게 호의를 갖게 될 것이다.

사실 사람의 마음을 잡아끄는 게 무엇인가에는 구체적으로 꼬집어 설명하기 어렵다. 하지만 한 가지 분명한 것은, 말로는 설명할 수 없는 무엇인가가, 즉 사소한 동작이나 사소한 말이 사람의 마음을 사로잡는 요소라는 점이다.

즉, 한 조각이 아니라 여러 개가 모여 하나의 무늬로 완성되어야만 아름다운 모자이크처럼, 사소한 요소들은 하나만으로는 그리 빛나지 않지만, 여러 개가 모이면 찬란하게 빛나기 시작하는 게 아닌가 싶다.

산뜻한 옷차림, 부드러운 태도, 절도 있는 몸가짐, 듣기 좋은 목소리, 구김살 없이 밝은 얼굴, 상대방의 의견을 존중하면서도 자신의 뜻을 정확하게 전하는 말솜씨 등……. 이런 것들 하나하나가 사람의 마음을 사로잡는 작은 요소임에 분명하다. 적어도 나는 그렇게 생각한다.

다른 사람의 장점을 흉내 내라

사람의 마음을 사로잡는 행동은 누구든지 몸에 익힐 수가 있다. 훌륭한 인격을 갖춘 사람들은 분명한 능력이 있고, 사람의 마음을 사로잡고 싶은 마음만 있다면 언제든지 가능하다.

훌륭한 사람들을 유심히 관찰하여 무엇이 그들에게 좋은 인상을 주고 있는가를 분석한 다음 그대로 따라해 본다. 그들은 대부분 장점이 많은 사람들로, 겸손하면서도 당당하고, 비굴하지 않으면서도 상대를 높여 주며, 허식이 없으면서도 우아하고 절도 있는 태도를 지니고 있을 것이다.

아무튼 그들의 장점을 파악했으면 일단 흉내를 내도록 해라. 다만 한 가지 주의할 것은, 자기의 개성을 완전히 버리고 흉내만 내서는 안 된다는 점이다.

위대한 화가도 처음 그리기 시작할 때는 다른 화가의 작품을 모방하듯이, 아름다움이나 자유의 관점에서 결코 원래의 사람보다 뒤떨어지지 않도록 공을 들여 모방해야만 한다.

흉내는 내되 원숭이가 되지는 마라

예의도 바르고 인상도 좋아 많은 사람들에게 호감을 사는 인물을 만나면, 그 사람을 주의 깊게 관찰해 보아라. 그가 윗사람을 대할 때 어떻게 대하는가, 자기와 지위가 같은 동료와는 어떻게 사귀는가, 자기보다 지위가 낮은 사람에게 어떻게 대하는가를 세심하게 관찰해 보아라.

오전 중에 누군가를 방문할 때에는 어떠한 내용의 이야기를 하는지, 식탁이나 저녁 모임에서는 어떤지 등 꼼꼼히 관찰해 그대로 해보는 것이 좋다. 물론 무조건 덮어놓고 흉내만 내면 그 사람의 복제물이나 마찬가지니까 그렇게 해서는 안 된다.

일단 노력하다 보면 한 가지 사실을 깨닫게 될 것이다. 그 사람은 남을 소홀히 대하거나 무시하지 않고, 자존심이나 허영심을 손상시키는 일은 절대로 하지 않을 것이다. 그러면서도 상대방에 따라서 경의를 표하거나 겸손하게 배려를 하는 등, 상대방을 기쁘게 하여 마음을 사로잡는다는 사실도 알게 될 것이다.

결론부터 말하면, 뿌린 대로 거두는 법이다. 남들이 호감을 가지는 사람도 알고 보면, 정성을 다해 씨를 뿌린 결과가 맺은 풍성한 열매를 수확하는 것에 불과하다. 호감을 얻는 몸가짐이란 것도 실제로 흉내를 내다보면 저절로 몸에 익힐 수 있는 것들이다.

지금의 너 자신을 되돌아보아라. 아마 지금의 너를 이루고 있는 반 이상이 그런 모방으로 이루어진 것일 게다. 따라서 무엇보다 중요한 것은 훌륭한 본보기를 선택하는 일, 그리고 무엇이 좋은 본보기인가를 판별하는 일이다.

사람이란 평소에 자주 만나는 사람의 분위기나 태도, 장점이나 단점뿐 아니라 사고방식까지도 무의식중에 받아들이는 법이다.

내가 귀에 못이 박이도록 얘기했다만, 너도 훌륭한 사람들과 교제하면 은연중에 그들과 똑같이 될 것이다. 거기에 집중력과 관찰력까지 보태면 금상첨화, 곧 그들보다 더 나은 사람이 되리라 믿는다.

누구나 너의 스승이 될 수 있다

주위에 호감을 느낄 만한 사람이 없다면 어떻게 해야 할까? 만일 그렇다면 굳이 사람을 가리지 말고 누구든지 자주 만나는 사람을 유심히 살펴보아라.

아무리 훌륭한 사람일지라도 장점만 있는 것이 아니듯, 아무리 보잘것없이 보이는 사람일지라도 반드시 한 가지는 좋은 점을 가지고 있다. 그것을 흉내 내면 된다. 그리고 좋지 않은 부분은 자신을 비춰 보는 거울로 삼으면 된다.

그렇다면 호감이 가는 사람과 그렇지 못한 사람의 차이는 무엇일까? 말은 똑같이 하더라도 그 행동이나 태도에 따라 평가는 매우 다르다. 세상 사람들의 환영을 받는 사람이든 품위를 전혀 느낄 수 없는 사람이든 모두 말하고 움직이고 옷을 입고 먹고 마시는 것은 똑같다. 단지 그 방법과 태도가 다를 뿐이다.

그러므로 어떠한 화술이나 걸음걸이, 식사 방법 등이 다른 사람에게 나쁜 인상을 주고 있는지를 잘 관찰해 보면, 자기 스스로 어떻게 해야 할지 자연히 알게 될 것이다.

어떻게 해야 사람의 마음을 사로잡을 수 있을까?

 실제로 사람의 마음을 사로잡으려면 어떻게 해야 할까?

내 나름대로 몇 가지 방법으로 나누어 정리해 보았는데, 너에게 참고가 된다면 좋겠다.

우아하게 행동하라

얼마 전에 너에 대해 칭찬을 아끼지 않으시던 하비 부인의 편지를 받았다. 어떤 모임에서 춤을 추는 네 모습을 보았는데, 그 몸놀림이 아주 우아하고 아름다웠다는 것이었다.

그 말을 들은 나는 매우 기뻤다. 왜냐하면 네가 춤을 우아하고 아름답게 출 수 있다면, 일어서고 걷고 앉을 때에도 우아하게 움직일 수 있을 거라는 생각이 들었기 때문이다. 보기에 춤을 잘 추면서 일어서고 걷고 앉는 몸동작이 흉한 예는 없었기 때문이다. 가장 기본적인 일어서고 걷고 앉는 동작은 춤을 잘 추는 것보다 훨씬 중요하다.

사실 우아하게 일어서고 걸을 수도 있지만, 우아하게 앉을 수 있는 사람은 그리 많지 않다. 사람들 앞에 나서면 그만 위축되어 얼어 버리는 사람이 있는가 하면, 부자연스럽게 등을 곧추세우고 딱딱한 자세로 앉는 사람도 있다. 그리고 싹싹하지만 조심성이 없는 사람은 의자에 푹 잠기듯 온몸을 기대어 앉는다. 이런 자세는 상대방이 친한 사이가 아니라면 좋은 인상을 줄 수가 없다.

사람들이 보기 좋게 앉으려면 먼저 마음을 편하게 가져야 한다. 그리고 겉으로도 자연스럽게 보이도록 편안하게 의자에 앉아라. 몸을 곧추세운 채 부동자세를 취하는 것이 아니라, 몸에서 힘을 빼고 자연스럽게 앉아야 한다.

아무리 사소한 동작이라도 그것이 아름답다면 여성뿐만 아니라 남성의 마음까지도 사로잡는다. 그것은 직장에서도 마찬가지다. 우아한 동작이 얼마나 사람의 마음을 사로잡는지 명심해야 한다.

이를테면 어떤 여성이 손에서 부채를 떨어뜨렸다고 하자. 유럽에서는 태도가 우아하든 덜렁대든, 남자라면 부채를 주워 그녀에게 건네주는 것이 보통이다. 그러나 결과에서는 커다란 차이가 있다. 우아한 남자는 부채를 주워 줌으로써 감사의 답례를 받겠지만, 덜렁대는 남자는 그 동작조차 우스꽝스럽게 보여 결국 웃음거리가 되고 만다.

우아하게 행동을 하는 것은 비단 공공장소에서만 한정되는 것이 아니다. 일상적인 생활에서도 마찬가지다. 평소에 작은 일이라고 하찮게 여겨 지키지 않으면, 막상 필요할 때조차 지키지 못한다. 커피 한 잔을 마시더라도 찻잔을 이상하게 들어서 커피를 흘린다면 실수할 확률이 높다.

사람의 됨됨이는 옷차림에서부터 드러난다

옷차림에도 신경을 써야 한다. 나는 사람들의 옷차림을 보고 그 사람의 인간 됨됨이를 짐작한다. 아마 대부분의 다른 사람들도 그러할 것이다.

나는 상대방의 옷차림에서 조금이라도 잘난 척하는 분위기가 느껴지면, 그 사람의 사고방식도 비뚤어진 게 아닌가 싶은 생각이 든다. 특히 요즘처럼 젊은이들이 옷차림으로 자기주장을 하는 시대는 더욱 그렇다.

거창하게 치장하는 것을 좋아해서 화려한 옷차림을 한 사람을 보면, 머릿속이 비어 있어서 그것을 감추기 위해 일부러 위압적인 차림을 하고 있는 것 같아 기분이 언짢아진다. 또한 이와 반대로 옷차림에는 전혀 신경을 쓰지 않아 신분을 구별할 수 없는 옷차림을 한 사람도 그 속마음을 의심하지 않을 수 없다.

사리 분별이 분명한 사람은 옷차림이 너무 튀지 않도록 신경을 쓴다. 그들은 특별히 눈에 띄는 옷을 입지 않으며, 그 지역의 지식인들이나 많은 사람들이 입는 옷과 비슷하게 입고 치장을 한다. 옷차림이 지나치게 화려하면 들떠 보이고, 너무 초라하면 전혀 자신을 꾸미는 것 같지 않아 실례가 될 수 있다.

내 생각에 젊은이는 초라하기보다는 약간 화려하다고 할 정도의 옷차림이 좋다. 어차피 나이가 들면 화려한 옷차림을 하지 못하기 때문이다. 50대에는 사회에서 밀려나게 되고, 70대가 되면 어느새 남에게 눈총을 받는 사람이 되어 화려한 옷차림을 하면 이상한 사람처럼 보일 것이다.

옷차림 역시 주위 사람들과 맞추는 게 좋다. 주위 사람들이 화려하게 입으면 자신도 화려하게 입고, 간소하게 입으면 자신도 간소하게 입는 것이 좋다. 다만 항상 바느질이 잘되고 몸에 맞는 옷을 입어야지 그렇지 않으면 어색하고 부자연스러워서 행동하는 데 불편하다. 또 하나, 일단 그날 입을 옷을 결정하여 그 옷을 입었다면 두 번 다시 옷차림에 대해서 생각지 말아라.

'위아래를 제대로 맞춰 입은 걸까?', '색깔이 잘 조화되지 않는 것은 아닌가?' 이러한 생각을 하면 몸동작이 어색해진다. 따라서 한 번 몸에 걸치고 나면 두 번 다시 그 일을 생각지 말고 아무것도 걸치고 있지 않은 것처럼 자연스럽고 기분 좋게 행동해라.

헤어스타일에도 신경을 써야 한다. 헤어스타일은 옷차림의 일부다. 또한 양말은 흘러내리게 하지 말고 구두는 꼭 구두끈을 매어 신도록 해라. 지저분한 발만큼 점잖지 못한 인상을 주는 것은 없다.

다른 사람에게 좋은 인상을 주려면 무엇보다 청결해야 한다. 손이나 손톱을 항상 깨끗이 해야 하며, 식사 후에는 반드시 양치질을 해야 한다. 이것은 아주 사소한 것 같지만 매우 중요하다. 늙어서까지 건강한 치아를 유지하고, 견디기 어려운 치통을 경험하지 않기 위해서라도 치아 위생에는 주의를 게을리 해서는 안 된다. 이가 썩거나 곯으면 입에서 고약한 냄새를 풍겨 주위 사람들에게도 실례가 된다.

너는 아직 건강한 이를 가지고 있을 것이다. 그러나 나는 젊었을 때 주의를 게을리 했기 때문에 지금은 엉망이다. 식사를 끝냈을 때마다 언제나 따뜻한 물과 부드러운 칫솔로 4~5분 동안 닦은 뒤 10회 이상 입을 헹구는 습관을 들이면 좋겠다. 만일 치아에 이상이 있으면, 하루라도 빨리 찾아가서 치료를 받도록 해라.

좋은 표정을 만드는 데 힘써라

사람의 마음을 사로잡는 방법은 여러 가지가 있지만, 그중에서도 가장 효과적인 방법은 아마 얼굴 표정일 것이다. 얼굴이야말로 사람의 마음을 사로잡는 것 중 으뜸인데, 많은 사람들이 이것을 간과하는 것 같다.

보통 사람은 자기 용모에 눈곱만큼이라도 흠이 있으면 그것을 감추려고 필사적으로 노력을 한다. 그다지 잘생기지 못한 용모로 태어난 사람이라면 더욱 그렇다. 그래서 조금이라도 인상을 좋게 하려고 고상한 행동을 하기도 하고, 상냥하게 미소를 지어 보기도 하면서——대부분은 밀턴의 「실락원」에 등장하는 악마처럼 더욱 무서운 형상이 되지만——눈물겨운 노력을 한다.

그런데 너는 하느님께서 주신 용모를 고맙게 생각하지 않을 뿐만 아니라, 그것을 오히려 모독하고 있는 것 같다. 네 딴에는 사나이답고, 사려가 깊고, 결단력이 풍부한 표정을 짓고 있다고 믿고 있는지 모르지만, 내가 보기엔 착각일 뿐이다. 아무리 잘 봐준다 해도 날마다 구령만 붙이며 위엄 있게 보이려고 애쓰는 하사관의 모습이다.

내가 아는 어떤 젊은이는, 국회의원에 선출되고 나자 자기 방에서 거울을 보고 표정과 동작 하나하나를 연습하다가 들켜 웃음거리가 된 적이 있다. 하지만 나는 웃지 않았다. 오히려 이 젊은이가 젊은이를 비웃는 사람들보다 훨씬 현명하다고 생각했기 때문이다. 그 젊은이는 공공장소에 나갔을 때 표정과 동작이 얼마나 중요한가를 알고 있었던 것이다.

이런 말을 하면 아마 너는 분명 이렇게 물을 것이다.

"그렇다면 온화한 표정을 짓기 위해, 하루 종일 신경을 써야 한다는 말씀입니까?"

물론 하루 종일 신경을 쓰라는 것은 아니다. 2주일이면 충분하다. 2주일이라도 좋으니 좋은 표정을 짓는 연습을 해보아라. 2주만 지나면 굳이 신경을 쓰지 않아도 자연스러운 표정을 지을 수 있다.

우선 눈가에 항상 웃음기가 도는 부드러운 표정을 지어라. 성직자의 표정을 떠올리면 상상이 될 것이다. 선하고 자애롭고 엄숙하면서도 열정이 담긴 표정, 이러한 표정은 아주 매력적이어서 사람의 마음을 끌어당긴다.

물론 표정만 좋아서 되는 것은 아니다. 대개 사람의 표정에는 마음이 드러난다. 많은 사람들이 얼굴에 마음이 드러난다고 믿고 있어서 표정만으로도 사람들의 마음을 사로잡을 수 있는 것이다.

자, 아직도 표정을 가꾸는 일이 귀찮다고 할 테냐?

일주일에 30분만 노력해라. 네가 능숙하게 춤을 출 수 있는 것도 아마 연습이 있었기에 가능했겠지. 매우 귀찮았겠지만 어딘가에 쓸모가 있어서 배웠을 테고. 아마 내가 그 용도를 물었다면 너는 "사람의 마음을 사로잡기 위해서 배웠지요."라고 대답하겠지.

옳은 말이다. 좋은 옷을 입고, 머리를 손질하는 것 역시 매우 귀찮은 일일 것이다. 머리는 그냥 그대로 두는 것이 편하고, 잘 다린 양복보다는 캐주얼한 차림이 편할 것이다. 그런데 어찌해서 그런 것에 신경을 썼던 게냐?

아마 너는 "사람들에게 좋은 인상을 주기 위해서죠."라고 대답하겠지.

그것도 옳은 말이다. 그것을 알고 있다면 춤이나 옷차림, 머리 모양보다 더 근본적인 표정을 연구하는 게 우선일 것이다.

표정이 나쁘면 춤도 옷차림도 머리 모양도 다 소용 없는 일이 된다. 더욱이 네가 춤을 추는 것은 기껏해야 1년에 6~7회 정도겠지만, 너의 표정은 365일 하루도 빠지지 않고 사람들의 눈에 노출되어 있으니 말이다. 그 사실을 명심해라.

호감을 사기 위한 노력을 아끼지 마라

사람들의 호감을 사는 것은 네가 앞으로 일을 해나가는 데 빼놓을 수 없는 덕목이다. 그러니 사람들한테 호감을 살 수 있는 행동을 몸에 익혀두는 것이 좋다. 자, 지금부터 내가 말하는 것들을 명심해라. 그렇지 않으면, 아무리 풍부한 지식이 있어도, 아무리 약삭빠르게 처신을 한다 해도 뜻하는 대로 성공하기는 어렵다.

지금은 태도나 옷차림, 표정을 관리해야 할 때다. 만일 지금 이것을 준비하지 못하면 평생 후회하게 될 것이다. 그러므로 다른 일들을 젖혀두고서라도 이 일에만 신경을 쓰도록 해라. 내용도 튼실한데 그것을 둘러싸고 있는 외형까지 아름답다면 이보다 훌륭한 것이 어디 있겠느냐?

만일 외모에서 풍기는 이미지나 태도가 중요하다고 말하는 것을 융

통성이 없는 사람이나 현학적인 인간이 들었다면 뭐라고 할까? 아마
도 매우 경멸스런 표정을 지을 것이다. 그리고는 아버지가 자식에게
그 정도의 교훈밖에 줄 수 없다는 사실에 통탄할지도 모른다.

아마 그들은 '호감을 갖는다'는 것을 화제로 삼는다는 것조차 어
불성설이라 할 것이다. 그러니 그것에 관심을 가진 내가 우습게 보이
겠지만, 결코 무시해서 웃어넘길 일은 아니라는 걸 명심해라.

무례한 행동을 삼가라

젊은이들 가운데 무례한 젊은이가 많은 것은, 그 부모들이 예의범
절을 가볍게 보고 있거나, 아니면 그런 일에 전혀 관심이 없거나 둘
중 하나다.

그들도 자식을 다른 사람처럼 대학을 보내고, 유학까지 보내 교육
을 시킨다. 그러나 자식들에게 무관심하거나 부주의해 각 교육 과정
에서 자기 자식이 어떻게 성장하고 있는가를 관찰하지 않는다. 설령
관찰했다 하더라도, 그것을 평가하거나 분석하지 않고 그냥 속절없
이 세월만 보내며 스스로 안심하기 위해서 속으로 이렇게 생각한다.

"괜찮아, 다른 아이들과 마찬가지로 잘하고 있을 거야……."

그런데 사실 그 아이는 다른 아이들과 마찬가지로 학교에 다니고
있기는 하지만, 잘해 나가는 것은 아니다. 그들은 학창 시절에 했던

어린아이 같은 저속한 장난을 사회에 나가서도 그만두지 못한다. 또한 대학에서 물든 편협한 태도와 유학 중 몸에 익힌 거만한 태도를 고치지 못한다.

이러한 잘못된 태도는 부모가 아니며 달리 충고해 줄 수 있는 사람이 없다. 부모의 충고를 받지 못한 젊은이들은, 스스로도 외면하고 싶을 정도의 나쁜 습관이 몸에 배어 있다는 것도 모르고, 꼴사납고 무례한 행동을 계속 저지르고 만다.

앞에서도 여러 번 말했지만, 자식의 예의범절이나 사람을 대하는 태도에 대해 말해 줄 수 있는 사람은 오로지 아버지뿐이다. 그것은 자식이 어른이 되어서도 마찬가지다. 아무리 친한 친구 사이라도 부모와 같은 경험이 없으니 올바른 조언을 해줄 수는 없다.

너는 나처럼 충실하고 우호적이며 현명한 감시자가 있다는 걸 다행으로 생각해라. 그리고 내 눈을 피할 수 있는 것은 하나도 없다는 걸 명심하기 바란다.

내가 만일 네 결점을 보게 되면 그 즉시 충고할 것이며, 장점이 있으면 발견하는 즉시 박수를 보낼 것이다. 그것이 아버지로서 내가 할 일이라고 생각하기 때문이다.

학교 밖에서 배우는 것들을 무시하지 마라

인간이란 원래 완벽한 존재가 아니다. 그러나 부모는 자식이 최선을 다하기 바란다. 나 역시 네가 가능한 완벽한 모습을 갖추기 바랐다. 그래서 네가 태어난 이후, 너에게 품었던 소원을 실현하기 위해서 많은 노력을 계속해 왔다. 그 어떤 수고도 마다하지 않고, 그 비용을 아끼지도 않았다. 교육을 하는 이유는 인간이란 동물은 개선 가능하다고 믿기 때문이다. 너 역시 경험을 통해 알고 있을 것이다.

선을 사랑하고 남을 존중하라

우선 나는 네가 판단력이 서지 않았을 때 선을 사랑하는 마음과 사람을 존중하는 마음을 심어주었다. 물론 너는 그것을 마치 문법을 외듯이 기계적으로 몸에 익혔다. 그래서 지금은 네 스스로 할 수 있게 되었다. 사실 선을 행하는 일이나 사람을 존중하는 일 등은 당연한 것으로, 특별히 배우지 않아도 가능한 일이기는 하다.

샤프츠버리 경은 선에 대해 이렇게 말했다.

"나는 사람들이 보기 때문에 선을 행하는 것이 아니라, 나 자신을 위해 선을 행한다. 그것은 사람들이 보기 때문에 청결히 하는 것이 아니라, 바로 나 자신을 위해 청결히 하는 것과 마찬가지다."

그래서 나는 너에게 판단력이 생기고 난 후에는 '선을 사랑하라'는 말 따위는 단 한마디도 하지 않았다. 그것은 당연한 일이기 때문이다. 그 다음에 내가 생각해 둔 것은, 너에게 실질적이며 한쪽으로 치우침이 없는 교육을 시키는 일이었다.

이것도 처음에는 나, 그 다음에는 하트 씨, 그리고 최근에는 네 자신의 힘으로 예상했던 것 이상의 성과를 올렸다. 너는 나의 기대에 충분히 따라 준 것이다.

그리고 이제, 마지막으로 남아 있는 것이 사람과 사귀는 방법, 곧 예의범절을 가르치는 일이다. 이것을 모르면 여태껏 배워왔던 것들이 불완전해지고 빛을 잃어 헛된 것이 될지도 모르기 때문이다. 그런

데 유감스럽게도 너는 이 점이 부족한 것 같구나 앞으로는 이 점에 중점을 두면서 쓰고자 한다.

자신을 먼저 상대방에게 맞추어라

우리가 잘 아는 어떤 분은 예의를 '서로 조금씩 자신을 억제하고 상대방에게 맞추려 하는, 분별과 양식이 있는 행위'라고 정의했다. 아마도 이 말에 이의를 제기하는 사람은 없을 것이다. 오히려 분별력과 양식이 있는 사람—너도 그중 한 사람이겠지만—이라고 해서 누구나 예의 바른 사람이 될 수 있는 것이 아니라는 점에 놀랄 것이다.

예의를 표하는 방법은 인종이나 지역, 환경에 따라 커다란 차이가 있을 수 있어서, 실제로 자신의 눈으로 보고 귀로 듣지 않으면 알 수 없는 일이다. 그러나 예의를 존중하는 마음은 어느 시대, 어디를 가나 변함이 없다. 따라서 예의를 지킬 뜻이 있느냐 없느냐가 예의가 바른 사람이 되느냐 못 되느냐의 관건이 된다.

예의가 사회에 끼치는 영향은 도덕이 사회 전반에 끼치는 영향과 비슷하다. 그 둘은 사회를 하나로 묶고, 안정성을 높인다는 것과 맥을 같이한다. 일반 사회에서는 도덕적 행위를 권장하기 위해서, 적어도 부도덕한 행위로부터 몸을 지키기 위해서 법률이라는 것이 제정되어 있다. 그리고 예의 바른 행위를 권장하고, 무례를 훈계하기 위한 암묵적인 규율이 존재한다.

이렇게 이야기하면 법률과 암묵적인 규율을 동일시한다고 놀랄 지도 모르지만, 나는 이 두 가지에 상당한 공통점이 있다고 본다. 다른 사람의 소유지에 무단 침입한 부도덕한 인간은 법에 의해 처벌을 받는다. 마찬가지로 다른 사람의 평화로운 사생활에 함부로 침입한 무례한 인간도 사회 전체의 암묵적인 합의에 의해 지탄받을 수밖에 없다.

문명인이 친절하게 행동하고 상대방을 배려하고 타인을 위해 약간의 희생을 치르는 것은, 누구에게 강요받은 것이 아니라, 자연스럽게 몸에서 나온 일종의 암묵적 약속이다.

그것은 왕과 신하의 관계에서 왕이 신하를 감싸고 보호하는 대신, 신하는 명령을 따른다는 암묵적인 협정이 맺어져 있는 것과 같다. 따라서 어느 쪽이든 그 협정을 어긴 자가 협정에서 생기는 이익을 박탈당하는 것은 당연한 대가라고 할 수 있다.

상황에 따라 적절한 예의를 차려라

나는 선행 다음으로 사람들의 마음을 사로잡는 것은 예의라고 생각한다. 나 자신도 '아테네의 장군 아리스테이데스와 같다'는 찬사를 들을 때가 가장 기쁘고, 그 다음이 '예의가 바른 사람'이라는 말을 들을 때이다. 그만큼 예의는 소중한 것이다. 이제 상황에 맞는 예의범절에 대해 이야기를 해보자.

윗사람에게는 항상 예의를 갖춰라

누구나 확실히 윗사람이나 공적인 지위가 높은 사람에 대해서는 예의를 갖추어서 대한다. 중요한 것은 어떻게 '예의를 표현하느냐'

이다. 분별력이 있고 인생 경험이 많은 사람은 어깨에 힘을 주지 않아도 자연스럽게 최대한의 예의를 표현한다.

그런데 훌륭한 사람들과 별로 교제해 본 적이 없는 사람들은 예의를 표현하는 방법이 너무나 어색해 옆에서 지켜보기가 애처로울 정도다.

물론 그들이 존경하는 사람 앞에서 보기 싫게 의자에 걸터앉거나 휘파람을 불거나 머리를 박박 긁어대는 등 무례한 행위를 한다는 뜻은 아니다. 그들은 너무도 긴장한 나머지 어깨에 너무 힘을 주어 어색한 자세가 되고 만다. 그러니 긴장하지 말고 우아하게 예의를 다하도록 주의해야 한다.

이것은 좋은 본보기를 관찰하여 실제로 자신이 따라해 봄으로써 몸에 익혀 두는 길밖에 달리 방법이 없다.

편한 모임에서도 지켜야 할 예절이 있다

특별히 내세울 만한 윗사람이 없는 모임에서는 초대받은 사람들 모두 나와 같은 입장이라고 생각해라. 이 경우에는 경의를 표해야 할 사람은 처음부터 없는 셈이다. 그만큼 행동이 자유로울 수 있고, 긴장해야 할 일도 자연히 적어진다. 그러나 어떠한 만남에서든지 꼭 지켜야 할 선이 있다. 이 경우에는 그것을 지키기만 하면 무난히 넘어갈 수가 있다.

잊지 말아야 할 것은, 특별히 예의를 갖추어야 할 사람은 없는 대신, 거기에 참석한 사람 모두 일반적인 예나 배려를 기대하고 있다는 점이다. 그러므로 주의가 산만하거나 무관심한 것은 허용되지 않는다.

예컨대 누군가가 다가와서 시시콜콜 이야기를 한다고 해도 일단 정중하게 대해라. 이야기를 건성으로 들어서 상대를 무시하고 있다는 것이 드러나면, 아무리 대등한 입장이라 하더라도 매우 크나큰 결례가 된다.

상대가 여성인 경우에는 더욱 그렇다. 어떠한 지위에 있든 대부분의 여성은 주목받는 것만으로는 양이 차지 않아 아부에 가까울 만큼 배려를 받고 싶어 한다.

그들의 사소한 소원, 이를테면 좋아하는 것과 싫어하는 것, 취미, 변덕뿐만 아니라 건방진 태도에까지 신경을 써야 한다. 가능하면 그녀가 무엇을 원하고 있는지 재빨리 추측해서 먼저 이야기를 꺼내라. 예의 바른 사람은 모두가 그렇게 하고 있다.

다양한 사람들이 모인 모임에서 지켜야 할 예의에 대해 하나하나 열거하자면 한도 끝도 없다. 더 이상 말하는 것은 너에게 고문이 될 테니 이쯤에서 그만해 두자. 그 뒤의 일은 네가 알아서 판단하고, 무엇이 옳은 것인가를 생각하면서 행동하기 바란다.

아랫사람을 함부로 대하지 마라

너는 혹여라도 네 방을 청소해 주고 구두를 닦아 주는 사람들보다 네가 더 나은 인간이라고 생각하는 것은 아니겠지? 너는 그들보다 행복하게 태어난 것에 감사해야 한다. 하지만 불우하게 태어난 사람들을 멸시하거나, 쓸데없는 말을 해서 그들의 불운을 상기시키는 일을 해서는 안 된다.

나는 나와 동등한 사람을 대할 때보다 신분이나 지위가 낮은 사람을 대할 때 더 신경을 쓴다. 그것은 그 사람이 자신의 노력이나 실력 등과는 아무런 상관없이 단지 운명지어져 태어났기 때문이다. 그들로 하여금 신분이나 지위의 차이를 새삼스럽게 의식하게 함으로써 내가 상대적으로 우월감을 느끼고 있는 것처럼 오해받고 싶지 않기 때문이다.

그런데 젊은이들은 좀처럼 생각이 거기까지 미치지 못하는 것 같다. 그래서 명령적인 태도나 권위를 내세운 단정적인 말투가 용기 있는 사람이나 기개 있는 사람처럼 보인다고 착각하는 것 같다. 생각이 미치지 않는 것은 조심성이 부족한 탓도 있지만, 일반적으로 신경을 쓰려고 하지 않아서다.

하지만 신분이 낮다고 업신여김을 당하는 사람들은 적의를 갖기 마련이다. 그리고 언젠가는 꼭 한 번 손을 봐주겠다는 생각을 한다. 물론 이럴 경우, 잘못한 것은 젊은이들 쪽이다. 상대가 적의를 품는 것은 무리가 아니다.

성숙하지 못한 자들은 신분이나 지위가 낮은 사람에게 주의를 기울이지 않는 반면, 지인이나 한층 뛰어난 사람들, 즉 지위가 높은 사람, 매우 아름다운 사람, 인격이 훌륭한 사람 등에게 신경을 쓴다. 그리고 그 밖의 사람은 주목할 만한 가치가 없다는 듯이 보통의 예의조차도 지키려 하지 않는다.

고백하건대 나 역시 네 나이 때는 그랬다. 매력적인 일부 사람들의 마음을 사로잡는 데에만 정신이 팔렸고, 나머지 사람들은 별 볼 일 없는 사람이므로 사소한 예의조차도 지킬 필요가 없다고 생각했다. 그래서 각료들이나 지식인이나 아주 빼어나게 아름다운 미인 등 화려하게 돋보이는 인물에게만 예의를 갖추고, 어리석게도 그 외 사람들에게는 전혀 예의를 차리지 않아 모두를 화나게 만들었다.

이런 어리석은 행동을 저지른 나는 결국 남성이든 여성이든 수많은 적이 생기게 되었다. 별 볼 일 없는 사람이라고 생각했던 그들이 내가 가장 평판을 얻고 싶어 했던 장소에서 결정적으로 나에 대한 평가를 깎아내린 것이다. 나는 한순간에 오만한 인간으로 낙인찍혀 버렸다. 사실은 분별력이 모자라서 비롯된 일이었다.

'왕은 인심을 얻어야 가장 마음 편하게 권력을 유지할 수 있다.'라는 격언이 있다. 신하에게 인심을 얻는 것은 어떠한 무기보다도 강하다. 신하의 충성을 원하거든 신하의 두려움을 사는 대상이 되기보다 오히려 호감을 얻으라는 뜻이다.

사람의 마음을 사로잡는 방법을 알고 있다는 것은, 세상 무엇보다도 강한 힘을 가지고 있는 것과 마찬가지이다.

뛰어난 원석도 갈지 않으면 한낱 돌일 뿐이다

지금부터 이야기하고 싶은 것은, 절대로 실수할 리가 없다고 자만하다가 뜻밖에 잘못을 저지르는 경우다. 이것은 아주 친한 친구나 아는 사람에게 저지르기 쉽다.

친한 사이에서 편안한 기분을 가지지 않는다면 어떻게 살겠느냐? 그 관계가 사생활에 편안함을 주는 것도 사실이다. 그렇다고 절대로 하지 말아야 할 행동까지 할 수 있다는 것은 아니다. 아무리 친구라도 입에서 나오는 대로 지껄인다면, 즐거워야 할 대화도 금방 서먹해질 것이다. 마치 자유가 지나쳐 방종이 되면 몸을 망쳐 버리는 경우와 같다.

이렇게 막연한 이야기로는 잘 납득이 되지 않을 것 같아 한 가지 예를 들어보자.

나와 네가 한 방에 있다고 하자. 나는 내가 무슨 일을 해도 상관없다고 생각한다. 그리고 너 또한 너 하고 싶은 대로 해도 된다고 생각한다. 그럼 나는 우리 두 사람 사이에 어떤 예의도 차릴 필요가 없다고 생각할까? 나는 그렇게 생각하지 않는다.

아무리 자식과 부모 사이일지라도 어느 정도의 에티켓을 지켜야 한다. 정도의 차이는 있겠지만, 그것은 다른 사람에 대해서도 마찬가지다.

만일 네가 다른 사람과 이야기하고 있는데, 내가 줄곧 딴 생각을 하거나 하품을 하거나 코를 골며 잠을 잔다면, 너는 어떻게 생각할까? 아마 야만스러운 행동이라고 부끄럽게 느낄 것이다. 그리고 나와 사이가 벌어질 것이다.

그렇다. 아무리 가까운 사이라도 돈독하게 관계를 유지하려면 어느 정도의 예의는 필요한 법이다. 비록 남편과 아내라도 사양이나 예절을 모두 없애 버린다면, 단란했던 사이도 얼마 안 가서 싫증을 느끼게 되고, 서로 경시하게 될 것이다.

인간은 누구나 나쁜 점을 가지고 있다. 다만 그것을 그대로 드러내는 것은 예의에 어긋나는 일일 뿐만 아니라 무분별한 일이기도 하다. 너는 모든 사람들과 언제까지나 사이좋게 지낼 수 있는 예의를 익히도록 해라.

나는 네가 하루의 절반은 예의를 몸에 익히는 데 힘써 주었으면 좋겠다.

다이아몬드도 원석일 동안은 아무런 쓸모가 없다. 어느 정도 값어치가 있을지는 모르지만 갈고 닦아야 비로소 장신구로써 인정받는 보석이 된다. 물론 다이아몬드가 아름다운 것은 원석이 견고하고 밀도가 높기 때문이다. 하지만 갈고 닦는 최후의 마무리 작업이 없다면, 언제까지나 볼품없는 원석 그대로 남아 기껏해야 호기심이 강한 수집가의 진열장에 들어갈 뿐이다.

너 역시 다이아몬드 원석처럼 밀도가 높고 견고하다. 적어도 나는 그렇게 믿고 있다. 그래서 부탁하건대, 나를 갈고 닦고자 하는 노력을 게을리 하지 마라.

'아무리 좋은 원석도 갈고 닦아야 보배가 된다'는 속담처럼, 주위의 훌륭한 사람들은 너를 멋있는 모양으로 깎고 다듬어 찬란한 광채가 나도록 도와줄 것이다.

6장
지식과 견문을 넓혀라

네 젊은 혈관에 역사의식을 수혈하라

프랑스 역사에 대한 너의 고찰은 실로 정확했다. 내가 무엇보다도 기뻤던 것은, 네가 책을 읽을 때 내용 파악에만 그치지 않고, 그 내용에 대해 깊이 사색한다는 사실을 알았기 때문이다.

책을 읽어도 자기 스스로 판단하지 않고, 써 있는 내용을 그저 외우려고 하는 사람들이 많다. 그렇게 하면 정보가 홍수를 이루어 머릿속은 온통 잡동사니로 채워진 창고가 될 뿐이어서, 정작 필요한 정보는 묻혀 곧바로 현실에 적용할 수가 없다.

너는 이러한 오류에 빠지지 말고 정보를 골라 분석하는 방법으로 책을 읽기 바란다. 그저 지은이의 이름만 보고 책을 사서 그 내용을 전적으로 신뢰할 것이 아니라, 거기에 쓰인 내용이 얼마나 정확한가, 저자는 그 내용에 얼마만큼의 진정성을 가지고 썼는가를 염두에 두면서 읽기 바란다.

　그러기 위해서는 하나의 역사적인 사실에 대해서도 여러 권의 책을 조사하고, 거기에서 얻어낸 정보를 종합한 다음 나름대로 판단을 내리는 것이 좋다. 물론 거기까지가 네가 할 수 있는 일이지만 말이다. 왜냐하면 역사에는 한계가 분명히 있어서 '역사적 진실'을 명확하게 밝혀낸다는 것은 사실 불가능하기 때문이다.

시저가 살해당한 진짜 이유를 아느냐?

　역사책을 읽을 때 곧이곧대로 받아들이지 말아라. 역사적 사건의 동기나 원인이 사실과 다르게 적힌 경우가 간혹 있기 때문이다.

　따라서 그 사건이 일어나게 된 배경이나 인물의 세계관, 주변과의 이해관계를 고려해 본 다음, 과연 저자의 고찰이 정당한지 살펴보는 것이 무엇보다 중요하다. 다시 말해, 그 외의 가능성이나 더 큰 동기는 없었는지 생각해 보는 것도 독자들의 몫이라고 생각한다.

　또한 사건이 비굴한 동기나 아주 사소한 갈등에 의해 비롯되었다 해도 이를 무시해서는 안 된다. 인간은 복잡하면서도 모순투성이의 생명체이기 때문이다. 인간의 감정은 변덕스럽기 그지없고, 의지는 허약하며, 마음은 몸의 컨디션에 따라서 좌우되는 게 보통이다. 그날 그날에 따라 수시로 변하는 게 인간이다.

아무리 훌륭한 사람이라도 보잘것없는 구석이 있고, 아무리 보잘 것없는 사람이라도 훌륭한 데가 있다. 즉, 아무리 못난 사람이라도 어딘가에 장점이 있어 예상치 못한 훌륭한 일을 해낼 때도 있는 법 이다.

문제는, 우리가 역사적 사건을 규명할 때 좀 더 고상한 동기를 찾 으려는 경향이 있다는 데 있다. 그 일례로 루터의 종교개혁을 들 수 있다.

루터의 종교개혁은 사실 루터의 금전욕이 좌절당한 데에서 비롯 되었다. 그런데 역사의 대가라고 자처하는 사람들까지도 역사적인 대 사건을 다룰 때 꼭 정치적인 동기를 적용해 버린다. 참으로 우스 운 일이 아닐 수 없다.

인간은 모순투성이다. 아무리 훌륭한 인간이라도 늘 훌륭한 일을 하며 살 수는 없다. 현명한 사람이라도 간혹 어리석은 행동을 하는 경우가 있고, 어리석은 사람이 현명한 일을 하는 경우도 있다. 모순 된 감정에 사로잡혀 살 수 있는 것이 바로 인간이기 때문이다.

그날그날의 컨디션이나 정신 상태에 따라 수시로 얼굴을 바꿀 수 있는 게 인간이다. 그런데도 "정말 있을 법한 일이야"라든가, 아니면 "자연스런 결과잖아" 하면서 온갖 고상한 이유들을 갖다 붙이려는 것은 잘못된 생각이다.

영웅이라 해도 맛있는 식사를 하고 편히 잘 자고 상쾌한 아침을 맞 이할 때에는 아무런 이상이 없다가도, 그 다음날 소화가 안 되고 잠도 못 자고 비가 내리는 아침을 맞이하면 아주 쉽게 겁쟁이로 변할 수 있는 법이다.

인간의 행위를 규명하는 데에는 어떠한 잣대를 들이대든 헤아리기가 어렵다. 우리들이 알 수 있는 것이란 기껏해야 이러저러한 사건이 있었다는 것뿐이다. 기꺼해야 사건의 내면을 알 것 같은 '기분'이 들 뿐이다.

시저는 스물세 명의 음모에 의해 살해당했다. 이것은 의심할 여지가 없다. 하지만 이 스물세 명의 음모자들이 과연 '진정으로 자유를 사랑하고 로마를 사랑했기 때문에 시저를 죽였을까?' 하는 질문이 나오면 잠깐 고개를 갸우뚱할 수밖에 없다.

과연 그들이 시저를 죽여야 했던 이유가 그것뿐이었을까? 적어도 그것이 주요 이유였을까? 그 사건의 주모자였던 브루투스에게도 지극히 사적인 감정은 개입되지 않았던 것일까? 이를테면 질투, 원한, 시기, 실망, 자존심 등 사적인 감정이 원인이 되어 그러한 일을 주동하지는 않았을까? 만일 그 진상이 밝혀진다면, 이러한 사적인 원인이 전혀 무시되지는 않을 것이다.

역사는 암기가 아니라 분석과 판단의 재료다

역사적인 사실 그 자체도 회의적인 시선으로 보면 종종 의심스러운 경우가 있다. 적어도 그 사실과 결부되는 배경에 대해서는 의심해 보아야 한다. 날마다 자기가 경험하는 것을 생각해 보아라. 역사라고 하는 것이 얼마나 신빙성이 희박한 것인가를 쉽게 알 수 있을 것이다.

이를테면 최근에 일어난 사건에 대해서 몇 사람이 증언을 했다고 하자. 그들의 증언은 과연 완전히 일치하는가?

물론 그렇지 않을 것이다. 잘못 기억하고 있는 사람도 있고, 증언할 때 자기 나름대로 받아들여 얘기하는 사람도 있을 것이다. 자기가 보았던 대로 정확하게 증언하는 사람이 있는가 하면, 마음이 변해 사실을 왜곡해서 말하는 사람도 있을 것이다. 게다가 증언을 기록하는 서기들이 반드시 공정하게 기록할 것이라고 믿을 수도 없다.

또한 역사학자라고 해서 공정하게 역사를 기록했다고 단정할 수도 없다. 학자에 따라서는 평소 자기 지론과 맞아떨어져 좀 더 깊이 다루고 싶었을 수도 있고, 반대로 자기 지론과는 달라서 빨리 끝내고 싶었을 수도 있다.

재미있는 사실은 역사책의 첫머리에는 '이것은 진실이다'라고 반드시 씌어 있다는 점이다. 따라서 역사학자의 이름만을 보고 모든 것이 사실이라고 믿지 않는 것이 좋다. 자기 스스로 분석하고 판단해야 한다.

그렇다고 해서 역사를 공부할 필요가 없다고 말하는 것은 아니다. 누구나 인정하는 역사적 사실이라는 것은 엄연히 존재해서 사람들의 입에 회자될 뿐만 아니라 책에서도 다루어진다. 그러한 것들은 알아두는 것이 좋다.

이를테면 시저의 망령이 브루투스 앞에 나타났다고 기록하는 학자들이 있다. 나는 그런 이야기는 전혀 믿지 않는다. 그러나 그런 말들이 화제에 오르고 있다는 사실 정도는 알고 있어야 한다. 오히려 그것을 전혀 모른다는 것은 부끄러운 일이다.

간혹 역사학자가 기술했다는 이유만으로 어느 누구도 믿지 않는 일을 당연한 듯 화제로 올리거나 책에 기록하는 일들도 있다.

그렇게 해서 뿌리 내린 것이 이교도 신학이다. 제우스나 아레스, 아폴론 등 고대 그리스 신들도 그렇다. 우리는 만일 그들이 실존한 인물이라 해도 신적인 존재가 아니라 보통의 인간이었을 거라고 생각한다.

아무리 역사를 회의적인 시각으로 본다 해도 하나의 상식화한 것들은 제대로 공부할 필요가 있다. 사실 역사는 인간이 사회를 살아가는 데 가장 필요한 학문인지 모른다.

과거의 눈으로 현재를 보지 마라

과거에도 그랬으니까 현재도 그럴 거라고 단정하지 마라. 과거를 거울삼아 현재의 문제를 검토하는 것은 좋은 방법이지만, 그렇게 하

180

려면 무엇보다 신중해야 한다.

아무리 노력을 해도 과거 사건의 참된 실상은 알 수 없기 때문이다. 기껏해야 추측해 보는 것이 고작인데, 그 사건의 원인을 정확하게 추측하는 것은 참으로 어려운 일이다.

우선 과거의 증언은 현재의 증언에 비하면 훨씬 더 애매한 데다 시대가 오래되면 될수록 신빙성도 희박해질 수밖에 없다.

위대한 학자들 중에는 비슷하다는 이유만으로 무턱대고 과거의 사례를 인용하는 사람이 있다. 참으로 어리석은 일이다. 그들은 어떻게 생각할지 모르지만, 천지가 창조된 후 이 세상에는 똑같은 사건이 일어난 적이 없었다. 또한 아무리 탁월한 역사가라 하더라도 사건의 전모를 파악하거나 기록한 경우는 없었다. 따라서 그것을 기초로 한 논쟁 따위는 거론할 필요가 없다.

현재의 사건을 설명하기 위해 과거의 사례들을 인용하고자 한다면 매우 조심해야 한다. 단지 '이것은 역사학자가 기록했으니까', '당대 유명한 시인이 썼으니까' 하면서 그대로 믿어서는 안 된다. 어떠한 사건이든 서로 다르므로 개별적으로 논하는 것이 현명하다. 물론 비슷하다고 생각되는 과거의 예를 참고로 하는 것은 좋지만, 그것을 판단의 근거로 삼는다면 오류를 범하기 쉽다.

역사 공부는 어떻게 해야 할까?

역사를 공부한다는 것은 참으로 중요하다. 역사를 공부할 때에는 일반 사람들이 모두 알고 있는 권위 있는 역사학자가 쓴 책을 주 교재로 삼는 것이 좋다. 그것이 사실이든 아니든 우선 지식을 쌓는 데 의의를 두어라.

그럼 역사를 공부할 때 어떤 방법이 좋은지 한번 알아보자.

넌 어떤 방법으로 공부하고 있는지 모르겠다. 가장 시간과 힘을 덜 들이고 공부하는 방법은, 역사적인 대 사건을 중심으로 공부한 다음 나머지 것들은 대충 훑어보는 것일 게다.. 아니면 좀 시간은 걸리겠지만, 어떤 내용이든 똑같은 힘을 들여 기억하려하는 방법도 있을 것이다.

그러나 나는 네가 다른 방법으로 역사를 공부했으면 좋겠다. 우선 나라별로 다이제스트로 엮어 놓은 역사책을 읽고 대략적인 개요를 파악하여라. 그런 다음 특히 중요한 포인트, 이를테면 누가 어디를 정복했다든가, 왕이 바뀌었다든가, 정치 형태가 바뀌었다든가 하는 주요 사건들을 뽑아내는 것이다.

그리고는 그렇게 뽑아낸 사건에 대해 상세하게 기록된 논문이나 책들을 읽고 철저히 공부하면 좋을 것 같다. 이때 중요한 것은, 스스로 깊이 그 문제에 관해 통찰하는 일이다. 또한 그 원인을 찾아내어 그것이 어떤 사건을 일으켰는가를 유추해 보는 것도 좋다.

인생의 승부는 '책을 읽는 습관'에 달렸다.

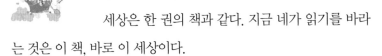 세상은 한 권의 책과 같다. 지금 네가 읽기를 바라는 것은 이 책, 바로 이 세상이다.

이 세상이라는 책에서 얻을 수 있는 지식은 지금까지 출판된 책 전부를 합친 지식보다 훨씬 더 많은 도움이 될 것이다. 아무리 훌륭한 책이라도 세상보다는 못하므로, 훌륭한 사람들의 모임이 있을 때에는 책장을 덮고 그 모임에 참석하는 것이 좋다. 그것이 몇 배나 더 큰 공부가 되기 때문이다.

우리는 갖가지 일과 놀이에 파묻혀 살아가고 있지만, 그렇다고 숨을 돌릴 수 있는 시간이 없을 정도는 아니다. 이러한 자투리 시간에 책을 읽는다면 더할 수 없는 큰 안식과 기쁨을 얻을 것이다.

이런 짧은 시간을 나누어 책을 읽으려면 몇 가지 요령이 필요하다.

짧은 시간이라고 내용이 빈약하고 시시한 책을 읽을 필요는 없다. 물론 우리 주위에는 게으르고 무식한 독자를 겨냥해서 쓴 책들이 널려 있는 게 현실이지만, 쓸모없는 책에는 시간을 낭비하지 않는 것이 현명하다.

하루 30분씩은 꼭 독서하는 데 할애하라

독서를 할 때에는 무엇보다 정신을 집중해야 한다는 것은 알고 있겠지? 덧붙여 조언하자면, 한 가지 주제를 설정하면 그 방면에 관련된 책 이외에는 일체 손을 대지 말고, 신뢰할 수 있는 역사책이나 논문, 회고록, 문헌 등을 비교하면서 읽는 것이 좋다.

이를테면 네 장래를 생각해서 현대사 중에서도 특히 중요하다고 생각되는 시대를 뽑은 다음, 그것을 순서대로 정리해 가는 방법도 좋을 것이다.

물론 이런 방식을 꼭 고집하는 것은 아니다. 오히려 조사하는 데 많은 시간이 걸린다면 시간을 효과적으로 사용할 수 있는 다른 방법을 찾아보는 것도 좋겠지. 다만 한꺼번에 몇 가지 테마를 추구하기보다는, 한 가지로 압축해서 체계적으로 공부하는 쪽이 훨씬 능률적이라는 것이다.

한꺼번에 여러 권의 책을 읽다 보면 내용이 상반되거나 모순되는 경우를 발견할 것이다. 그럴 때는 다른 책을 참고해 보아라. 주제에서 벗어난 책을 보라는 뜻이 아니다. 전혀 다른 시점의 책이 오히려 머릿속을 선명하게 만들 수 있기 때문이다.

간혹 책을 아무리 읽어도 전혀 머릿속에 들어오지 않을 때가 있다. 그럴 때는 책에 나온 내용이 화제가 되거나 논쟁의 대상이 되는 모임에 참석함으로써 책의 내용을 선명하게 이해할 수도 있다. 즉, 책만으로는 입체적으로 파악하지 못했던 일들이 다른 사람들의 입을 통해 들으면, 책을 읽은 것 못지않게 저절로 머릿속에 쏙쏙 들어오게 된다.

그렇게 해서 얻은 지식은 좀처럼 머리에서 지워지지 않을 것이다. 마찬가지로 사건이 일어난 현장으로 찾아가서 직접 이야기를 듣는 것도 한 방법일 수 있다.

네가 사회인이 되어서 실천할 수 있는 독서법을 요약해 두니 참고하기 바란다.

첫째, 사회에 첫발을 내디딘 초년생일 때는 많은 책을 읽는 것보다는 여러 계층의 사람들과 만나 이야기를 나눔으로써 정보를 수집하는 것이 좋다.

둘째, 너에게 직접적인 도움이 되지 않는 책은 더 이상 읽지 말아라.

셋째, 한 가지 주제를 정한 다음 그와 관련된 책을 집중적으로 읽어라.

이 세 가지 항목을 제대로 지킬 수만 있다면 하루에 30분만 독서해도 충분할 것이다.

몸으로 얻은 지식이 참된 지식이다

이 편지가 네 손에 들어갈 때쯤에는 아마 너는 베니스에서 로마로 갈 준비를 하고 있을 것이다. 하트 씨에게 지난 편지에 부탁드린 것처럼, 로마까지는 아드리아 해를 따라 리미니, 로레도, 안코나를 거쳐서 가면 좋다. 어느 고장이나 둘러볼 가치가 있지만 오래 머무를 정도는 아니라고 본다. 가서 보는 것만으로 충분할 것이다.

그 일대에는 고대 로마의 유물이나 이름이 잘 알려진 건축물과 회화, 조각 등이 많다. 그 어느 것도 놓치면 후회할 수 있으니 주의해서 보기를 바란다. 그중에서 겉만 보아도 좋은 것들은 그렇게 많은 시간을 잡아먹지 않을 것이다. 하지만 겉만 보아서는 안 되는 것들은 정신을 집중해서 보아야 하므로 많은 시간이 걸릴 것이다.

요즘 젊은이들은 경박하고 주의가 산만해 무슨 일에나 무관심하다는 말들을 한다. 즉 눈을 뜨고 있지만 보지 못하고 귀는 열려 있지만 듣지 못한다는 것이다. 그저 겉만 보거나 건성으로만 듣는다면 차라리 보지도 듣지도 않는 편이 낫다.

그런 점에서 네가 보내 준 여행기를 보고 안심을 했다. 네가 여행을 하는 곳마다 그 지방의 역사와 풍물을 잘 관찰하고 있으며, 아주 사소한 것도 허투루 넘기지 않는 것 같아 참으로 다행이라는 생각이 든다. 바로 그러한 점이 여행의 참된 목적이라고 생각하기 때문이다.

우리가 여행을 할 때 흔히 범할 수 있는 오류는, 그저 정처 없이 발길 닿는 대로 간다는 것이다. 그리고 오로지 머릿속은 다음 목적지까지 얼마나 떨어져 있나, 다음 숙소는 어디인가에 정신이 팔려 정작 여행을 해도 교회의 첨탑이나 시계, 호화로운 저택을 보고서 그저 탄성을 지를 뿐 아무것도 얻지 못하고 돌아오는 경우가 많다. 그 정도의 여행을 하려면 차라리 아무 데도 가지 말고 집으로 돌아오는 편이 더 낫다.

반면에 어디를 가든 그 지역의 정세나 다른 지역과의 교류, 특산물, 정치 형태, 헌법 등 그 지역에 관해 꼼꼼하게 관찰하는 똑똑한 사람들이 있다. 또한 그들은 그 지방의 훌륭한 사람들과 교류하여, 그 지방 특유의 예의범절이나 인간성을 배워 온다.

이들이야말로 여행의 참 목적을 실천하고 돌아오는 사람이라고 할 수 있을 것이다. 이들은 여행을 하면서 더욱 많이 깨달아 가기 전보다 훨씬 더 현명해져서 돌아온다.

가장 큰 여행 보따리는 호기심이다

로마는 활력이 넘치는 도시이다. 사람들은 자신의 감정을 솔직하게 드러내 어느 곳보다 생기가 넘친다고 할 수 있다. 또한 곳곳에 산재해 있는 아름다운 문화 예술품으로 인해 도시 전체가 매우 낭만적인 곳이라는 생각까지 든다.

이러한 예술의 도시는 사실 흔하지 않다. 따라서 로마에 머무르는 동안에는 미술관이나 바티칸 궁전, 판테온을 구경하는 것만으로 만족해서는 안 된다. 단 1분 동안 관광을 하기 위해서 열흘 동안 정보를 수집해야 할지도 모른다. 그러나 아는 만큼 느낀다는 것을 명심하고 정보를 모으는 데 게을리 하지 않기를 바란다.

즉 로마 제국의 본질, 교황의 흥망성쇠, 로마 궁정의 정책, 추기경의 책략, 교황 선출을 둘러싼 뒷이야기 등 절대적인 권력을 뽐냈던 로마 제국의 뒷이야기라면 무엇이든 좋다. 무엇이든 관심을 가지고 깊이 관찰해 보도록 하거라.

어느 지역을 가든 그 지역의 역사와 현재의 모습을 간단히 소개한 안내 책자가 있을 것이다. 먼저 그것을 읽고 대략 개요를 훑어보면 비록 부족하나마 도움이 되겠지. 물론 그것을 읽고 난 뒤 더 자세히 알고 싶으면, 그 지방 사람에게 물어보면 된다.

　모르는 걸 알려고 이것저것 찾기보다는 오히려 그것에 정통한 사람에게 물어보는 것이 훨씬 빠른 길이라는 사실을 네가 깨닫기 바란다. 안내 책자에 아무리 자세히 기록되어 있다 하더라도, 거기에서 완벽한 정보를 얻는 데에는 한계가 있다.

　우리나라에도 나라의 현황을 상세하게 설명하고 있는 안내 책자가 여러 권 나와 있다. 그런 종류의 책은 프랑스에도 여러 권 나와 있는 것으로 안다. 하지만 어느 책이든 완벽한 정보가 실려 있다고는 할 수 없다. 대부분 그 책을 쓴 저자가 자기 나라의 현황에 정통하지 못하기 때문이다. 게다가 나중에 책을 쓰는 사람들도 먼젓번에 나온 것을 그대로 베껴 쓰는 경우가 허다하기 때문이다.

　물론 그렇다고 해서 그 책들이 전혀 읽을 만한 가치가 없다는 것은 아니다. 읽고 참고할 만한 가치는 충분히 있다. 비록 완벽하진 않아도 그 책에는 우리가 미처 몰랐던 것이 자세히 쓰여 있기 때문이다. 따라서 읽지 않은 것보다는 훨씬 더 많은 정보들을 알게 될 것이다.

　마찬가지로, 혹시 프랑스 의회에 궁금한 점이 있다면, 단 한 시간이라도 좋으니 그곳 사정에 밝은 사람이나 시의원에게 물어보아라. 그러면 프랑스 시중에 나와 있는 책을 다 읽는다 해도 얻지 못할 프랑스 의회의 사정을 조금은 파악할 수 있을 것이다. 말했듯이 어떤 분야에 관해 알고 싶으면 그 분야에 종사하는 사람들에게 물어보는 것이 가장 좋다.

이를테면 군대에 관한 지식이 필요하다면 장교에게 물어보는 것이 가장 빠르다. 누구든지 자기 직업에 특별한 애정을 갖고 있어서 자기 직업 이야기를 하는 걸 즐기기 때문이다. 더욱이 자기 직업과 관련된 질문을 받으면 다른 경우보다 훨씬 더 친절하고 상냥하게 알려 준다.

어떤 모임에서 군인을 만나는 일이 있다면 여러 가지 궁금한 사항을 물어보아라. 군인으로서 지켜야 할 임무, 야영 방법이나 의복의 배급 방법, 급료, 역할, 검열, 야영지 등에 관해 그들은 성실하게 답변해 줄 것이다.

아마 너는 몸으로 직접 경험한 지식이 너 자신을 얼마나 돋보이게 할지 상상도 못할 것이다. 실제로 외국과 협상을 하는 데 얼마나 도움이 될지 모를 것이다. 그래서 당장은 이러한 것들을 아주 하찮게 여길지도 모른다. 하지만 네가 생생한 지식을 몸소 습득해 온다면 훗날 네가 꼭 필요할 때 생각지도 못했던 큰 힘이 되어줄 것이다.

외국에 가면 이것만큼은 꼭 배워두어라

하트 씨의 편지를 보면 너를 칭찬하는 말로 일관되어 있더구나. 이번 편지에는 특히 반가운 내용들이 많이 적혀 있어서 기뻤다. 로마에 있는 동안 너는 그곳 사람들과 융화되려고 노력했다는 말을 들었다.

그리고 영국 부인의 제의로 결성된 영국인 집단에 가입하지 않은 것은 참으로 분별 있는 행동이었다. 그야말로 내가 왜 너를 외국으로 보냈는지 그 취지를 잘 이해한 것 같아 얼마나 기뻤는지 모른다.

사실 우리나라 사람들끼리 어울리며 그것에 만족하는 것보다는 세계 여러 나라 사람들과 사귀는 편이 훨씬 낫다는 것은 두말할 필요도 없다. 앞으로도 어느 나라에 가든지 이처럼 분별 있게 행동하기를 바란다.

특히 파리에는 많은 영국인들이 모여 살고 있다. 이들은 프랑스 사람들과 전혀 융화하지 않은 채 벽을 쌓고 자기네끼리만 소통한다. 게다가 그들의 생활상은 대체로 대동소이하다. 느즈막이 일어나서 동료들과 브런치를 먹으며 두 시간도 넘는 시간을 허비해 버린다.

식사를 마친 다음에는 베르사유 궁전이나 노트르담 사원 등을 구경하러 간다. 그야말로 떼거리로 구경을 다니는 거지. 구경을 하고 난 뒤에는 레스토랑으로 가서 술을 겸한 저녁식사를 한다. 그런 다음 서둘러 극장으로 가서 볼품없는, 그러나 옷감만큼은 최고급의 양복을 입고 무대 맨 앞좌석에 진을 치고 앉아 연극을 감상한다.

연극이 끝나면 일행은 또다시 술집으로 돌아와 이번에는 코가 비뚤어질 때까지 술을 마신다. 이성을 잃을 정도로 술을 퍼마신 그들은 자기네들끼리 서로 언쟁을 벌이거나 거리로 나가 싸움질을 한다. 그리고 결국에는 경찰서로 연행되기에 이르는 것이다.

이들의 삶이 이러할진대 프랑스 말을 어떻게 배우겠느냐? 게다가 타고난 성급한 기질은 더욱 성급해질 뿐이고, 원래 가지고 있던 지식이 알량한데 더 늘어날 일도 없을 것이다. 그래도 외국물을 먹었다는 점을 자랑하고 싶어 제멋대로 프랑스 말을 지껄이는 꼴이란, 참으로 꼴불견이 아닐 수 없다. 이런 식의 생활이 계속된다면 모처럼 좋은 기회가 되어야 할 해외생활을 아주 저질의 삶으로 만들고 말 것이다.

아들아, 너는 부디 이러한 사람이 되지 않도록 조심하거라. 프랑스에 있는 동안에는 프랑스 사람들과 사이좋게 교제하는 법을 배워야 한다. 아마 노신사는 너에게 좋은 스승이 될 것이며, 네 나이 또래의 젊은이들은 프랑스 문화를 이해하는 데 도움이 될 것이다.

분별력은 문화적 국경을 넘는 비자다

분별력이 있는 사람은 어디를 가든 그 지역의 풍습을 익혀 그것에 충실하려고 한다. 사실 전 세계 어느 곳을 가든 그렇게 하는 것이 필요하다. 도덕적으로 어긋나는 일이 아니라면 어떤 일이든 배우는 것이 좋다.

그때 가장 도움이 되는 것은 아마 적응력일 것이다. 적응력이란 그 장소에 적합한 태도를 결정할 수 있는 힘이다. 진지한 사람에게는 진지하게 대하고, 쾌활한 사람에게는 밝게 행동하고, 상대하고 싶지 않은 사람은 그저 적당히 대하면 된다. 이러한 능력이 생활화되도록 힘써 주기를 바란다.

어떠한 지역을 방문하든 존경받는 사람들과 교제함으로써 네 스스로 잠시 그 지역의 사람이 되어 보는 것도 좋다. 그렇게 되면 너는 이미 영국 사람도 아니고, 프랑스 사람도 아니고, 이탈리아 사람도 아닌, 소위 세계인이 되는 것이다. 어떠한 지역을 가든 좋은 풍습은 겸허하게 받아들여라.

너는 네가 이탈리아어를 잘 못한다고 생각하는 것 같더구나. 내가 보기에는 조금 다르다. 비록 네 스스로 만족할 만큼 능숙하게 못 할지는 모르지만, 제대로 이해하고 있는 것 같다.

　너 정도의 프랑스어와 라틴어 실력이라면 이탈리아어의 절반을 알고 있는 것이나 마찬가지다. 단어 따위는 사전을 찾지 않아도 알 수 있지 않니? 다만 숙어나 관용구, 그리고 미묘한 표현 등은 실제로 그 사람들과 대화해 보지 않으면 잘 알 수가 없다. 따라서 그들의 말에 귀를 기울이면 그런 것은 금방 익히리라고 본다.

　틀리는 것에 개의치 말고, 계속해서 사람들과 이야기를 나누거라. 아주 짧은 질문이라도 괜찮다. 이를테면 이탈리아어로 "안녕하세요?"라는 말을 모르면 프랑스어로 인사를 건네면 된다. 그러면 상대방은 이탈리아어로 대답할 것이다. 그때 주의해서 들은 다음 외우면 된다. 그렇게 되풀이하다 보면 어느 샌가 자연스럽게 이탈리아어로 말하고 있는 자신을 발견하게 될 것이다. 이탈리아어는 네가 생각하는 것만큼 어려운 언어가 절대로 아니라는 걸 명심하렴.

　너를 해외로 내보낸 이유도 사실 이런 것을 몸에 익히기를 바랐기 때문이다. 어디 가든지 관광만으로 만족하지 말고, 그 지방의 풍속까지 잘 알아 오기를 바란다. 현지 사람들과 친밀하게 사귀어 그곳의 관습이나 예의범절, 언어를 배워 오기 바란다. 네가 이 정도의 것만 할 수 있다면, 나의 고생도 충분히 보답을 받는 셈이란다.

7장
자신의 주관을 가져라

남의 생각으로 사물을 판단하지 마라

'일반론'을 들이미는 사람을 조심하라

일반론을 주장하고 수용하기 전에 다시 한 번 신중하게 검토하길 바란다. 대체로 일반론을 주장하는 사람들 중에는, 자만심이 강하며 교활하고 빈틈없는 인간이 많다.

정말로 현명한 사람은 굳이 일반론을 내세우지 않는다. 간혹 교활한 사람이 일반론을 내세우는 것을 보면, 그런 것에 의지할 수밖에 없는 빈곤한 지식이 가엾게 여겨질 정도다.

세상에는 국가나 직업에 대해서뿐만 아니라 다양한 분야에 대해 여러 가지 일반론들이 활개를 치고 있다. 그것들 중에는 잘못된 것도 있고 올바른 것도 있다. 그러나 대체로 자신의 견해를 갖지 못한 사람이 '일반론'이라는 낡은 주장으로 남의 이목을 끌려고 하는 것이다.

그러한 사람이 남의 주목을 끌려고 일반론을 내세우면, 나는 일부러 위엄 있는 표정을 지으며 "그래요? 그래서요?"라고 반문하며, 이미 다 알고 있었다는 투의 태도를 취한다. 그러면 자신감이 없고 농담 같은 일반론밖에는 알지 못하는 상대는 다음 말을 잇지 못하고 난처한 표정을 지으며 우물쭈물하기 마련이다.

어떠한 분야든 확고한 견해를 가진 사람은 일반론 따위에 의존하지 않고 자신의 의견을 명확히 말하는 법이다. 그들은 시시한 일반론을 내세우지 않아도 충분히 즐겁고 유익한 화제를 제공한다. 또한 상대방을 비꼬지도 않으며, 따분하게 만들지도 않고, 언제나 활기에 넘치는 이야기를 한다.

사물을 깊이 보는 습관을 길러라

너는 사물의 본질을 꿰뚫어 볼 줄 알아야 한다. 네 나이 때 사물의 본질을 꿰뚫어 볼 수 있는 사람은 그리 많지 않다. 하지만 너는 부디 사물의 본질에 대해 깊이 생각하는 습관을 몸에 익히도록 해라.

나 역시 그렇게 하기 시작한 것은 얼마 되지 않은 일이다. 너를 위해서 부끄러움을 무릅쓰고 고백하건대, 열예닐곱 살 때까지도 나는 사물을 바라보는 데 독자적인 시각을 갖지 못했다. 그 후 조금은 내자신의 시각을 갖게 되었지만, 무엇인가에 유용하게 적용하지는 못했다. 읽은 책의 내용을 제대로 이해하지 못한 채 받아들였고, 주변 사람들이 말하는 것을 옳다 그르다 판단하지 않은 채 있는 그대로 받아들였다.

당시 나는 진실을 알기 위해 애를 쓰느니 설령 틀리더라도 편한 것이 좋다는 생각을 했다. 아니 무언가에 대해 골똘히 생각하는 것이 귀찮았고 놀기에 여념이 없었다. 그러면서 상류사회의 독특한 사고방식에 대해 괜스레 반감도 갖고 있었다.

그러한 처지였으니 분별력을 갖기는커녕 정신을 차렸을 때는 어떤 편견에 사로잡혀 있었다. 나 자신도 깨닫지 못하는 사이에 진리를 추구하는 대신 잘못된 사고방식을 기르고 있었던 것이다.

그러나 스스로 세상을 보는 눈을 길러야겠다는 마음을 먹은 뒤부터는 놀랍게도 사물이 다르게 보이기 시작했다. 완전히 안일한 사고방식이나 편견과 착각에 빠졌을 때와는 사뭇 다르게, 모든 사물들이 매우 질서 정연하게 보였다.

물론 지금도 나는 어떤 사람의 낡은 사고방식의 틀에서 벗어나지 못했는지도 모른다. 오랫동안 어떤 사람의 사고방식을 그대로 물려받은 채로 굳어 버렸는지도 모른다. 그래서 내가 옳다고 믿는 것들 중에는 젊었을 때 교육받은 결과인지, 아니면 나이를 먹어서 내 스스로 생각해 얻은 것인지 구분할 수 없는 경우도 있다.

독단과 편견을 가까이 하지 마라

내가 가진 첫 번째 편견은 고전에 대한 절대적인 믿음이었다. 누구나 어린 시절에 가질 수 있는 도깨비나 망령, 악몽 등의 허상을 말하는 게 아니다. 어쩌면 수많은 고전을 읽으면서, 또는 선생님들에게서 수업을 받는 동안에 자연스럽게 몸에 뱄는지도 모르겠다. 그런데 나는 그것을 철저히 믿고 있었다.

나는 이 세상에 양식이나 양심 같은 것이 존재하지 않는다고 믿었다. 양식이나 양심은 이미 고대 그리스, 로마 제국과 함께 사라져 버렸다고 생각했던 것이다. 그래서 그리스, 로마 제국 시대에 활약했던 호메로스와 베르길리우스는 높이 평가했고, 현대에 나온 밀턴과 타소는 다소 폄하해서 읽을 작품이 없다고 생각했다.

그러나 지금은 옛날 사람이나 현재의 사람이 모두 똑같다는 것을 안다. 즉 본질은 모두 똑같은 평범한 인간에 불과하며, 다만 삶의 방식이나 관습이 시대에 따라 변할 뿐이라는 걸 깨달은 것이다.

유식한 척 뽐내는 교양인은 대부분 고전을 달달 외고 있는 반면, 그렇지 않은 사람들은 현대의 것에 열광하는 경향이 있다. 하지만 현대인과 고대인에게도 똑같이 장단점이 있어서, 좋은 일과 나쁜 일을 한다는 걸 나는 뒤늦게 깨달은 것이다.

고전에 대한 독선이 강했던 것처럼 나는 종교에 대한 편견도 상당히 강했다. 한때는 영국 국교를 믿지 않으면 아무리 정직한 사람이라도 구원받지 못할 것이라고 믿은 적도 있다. 나는 사람의 사고나 생각이 쉽게 바뀌지 않는다는 사실을 모른 것이다.

또한 내 의견과 다른 사람의 의견이 당연히 다를 수 있는 것처럼 다른 사람도 나와 의견이 당연히 다를 수 있으며, 그것을 용납해야 한다는 사실도 알지 못했다. 설령 서로 의견이 다르더라도 서로 관용을 주고받아야 한다는 것을 나는 알지 못했던 것이다.

또 하나의 독선은, 사교계에서 남의 눈에 띄기 위해서는 '잘 노는 건달'처럼 보여야 한다는 말을 깊이 생각해 보지도 않은 채 그대로 따랐다는 것이다. 아니, 그보다는 그것을 부인하면 그러한 것을 목표로 삼은 사람들로부터 비웃음을 받을까 봐 두려움이 앞섰는지도 모른다.

그러나 지금은 그런 것이 하나도 두렵지 않다. 아무리 유식한 사람이라도, 또한 그들이 치켜세우는 훌륭한 신사라도 실상은 '잘 노는 건달'에 불과하다면 다시 생각해 볼 일이다. 그들은 인정받고 싶은 사람들에게 오히려 낮은 평가를 받을 뿐만 아니라, 감추고 싶은 결점까지도 드러내고 마는 꼴이 되기 때문이다.

그럴 듯해 보이는 것에 넘어가지 마라

이따금 머리가 명석한 사람들이 잘못된 사고방식에 물든 것을 볼 수 있다. 너도 이것만큼은 경계했으면 좋겠다. 이해력이 뛰어나고 사고방식이 아주 건전한 사람들이 진리를 추구하는 걸 게을리 하고, 집중력과 통찰력이 부족한데도 가만히 있었기 때문에 이러한 일이 벌어지는 것이다.

유사 이래 줄곧 내려온 말 중에 '전제정치 아래서는 진정한 예술도 과학도 성장하지 못한다.'라는 말이 있다. 과연 자유가 제한된 곳에서는 재능도 봉쇄당하는 것일까? 언뜻 생각하기에는 그럴 듯해 보이지만, 꼭 그렇다고 볼 수만은 없다.

농업과 같은 분야라면 정치 체제에 따라서 소유권이나 이익을 보장해 주지 않아 발전하기 어려울지 모른다. 그러나 전제정치가 수학자나 천문학자, 또는 웅변가의 재능을 억압해 버린다는 견해는 있을 수 없다. 우선 나는 어디에서도 일찍이 그러한 예를 본 적이 없다.

만일 시인이나 웅변가라면 자신들이 좋아하는 주제를 마음대로 표현할 수 있는 자유를 빼앗길지는 모르겠다. 그렇다고 해도 정열을 쏟을 대상을 빼앗기는 것은 아니다. 즉 재능 자체는 억눌리지 않는다는 뜻이다.

이것이 잘못된 말이라는 걸 증명하는 아주 좋은 예가 있다. 바로 프랑스 작가들로, 코르네유, 라신, 몰리에르, 브왈로, 라 퐁텐 등은 루이 14세의 압제 밑에서도 아우구스투스 시대의 문화 부흥기에 필적할 만한 재능을 꽃 피웠던 사람들이다.

훌륭한 작가들이 마음껏 재능을 발휘할 수 있었던 아우구스투스 시대는, 로마 시민의 자유를 억압하던 잔인하고 무능한 황제가 물러난 직후였음을 상기하기 바란다.

그리고 편지라는 것을 재평가하게 된 것도 자유로운 풍조에 의해서가 아니었다. 절대적인 권력을 쥐고 있었던 교황 레오 10세, 또한 독재정치를 행한 프랜시스 1세의 시대에 장려되고 보호된 것이었다.

내 아들아, 부디 오해하지 말기 바란다. 나는 결코 전제정치에 편들어서 말하는 게 아니다. 나는 독재를 가장 싫어하며, 압제는 인간의 기본적 권리를 침해하는 범죄라고 생각한다. 다만 시대를 변명거리로 삼는 그럴 듯한 말에 빠져들며 안 된다는 뜻을 전하고 싶었다.

먼저 자기 생각부터 세워라

다시 한 번 부탁하건대, 사물을 정확하게 판단하는 습관을 길러라. 먼저 현재의 네 사고방식을 하나하나 점검하거라. 정말 내가 그렇게 생각했는가, 혹시 다른 사람이 가르쳐 주어서 그렇게 생각하는 것은 아닌가, 편견이나 독단적인 생각은 없는가부터 생각해 보기 바란다.

편견이 없어지면 여러 사람들의 의견을 듣고, 그것에 대해 옳고 그름을 이성적으로 분별한 뒤, 만일 그르다면 어디가 그른지를 종합해서 생각해 보기 바란다. 좀 더 일찍 판단했더라면 좋았을 걸, 하고 뒤늦게 후회하는 일이 없도록 한시라도 빨리 시작하거라. 물론 인간의 판단력이 언제나 옳다는 것은 아니다. 틀릴 수도 있다.

그러나 이처럼 좌우를 견주어 생각해 보는 것이 가장 적게 틀리는 방법임에는 변함이 없다. 그것을 보충해 주는 것이 책이고, 사람과 교제하는 것이다. 그렇다고 책이든 사람과의 교제든 너무 무턱대고 받아들이라는 말은 절대 아니다. 그것들은 어디까지나 우리가 올바르게 판단하는 데 도움을 주는 보조물에 지나지 않는다.

많은 사람들이 귀찮아하는 작업인 '생각하는 것'을 부디 너만은 소홀히 하지 않기를 바란다.

올바른 판단력을 길러라

사람의 장점이나 덕행이 오히려 단점이나 부도덕한 것으로 비춰질 때가 있다. 이를테면 관대함이 지나치면 자만심을 길러 주고, 절약이 지나치면 인색함이 되고, 용기는 때로 만용이 되며, 지나친 신중함은 옹졸한 사람을 만들기도 한다. 이러한 결과를 낳지 않도록 각별히 조심하는 게 좋다. 특히 부도덕한 행위를 하지 않기 위해서는 어떤 상황에서든 주의할 필요가 있다.

부도덕한 행위가 아름답게 보일 리 없다. 사람들은 부도덕한 행위를 보면 무의식중에도 외면하며, 더 이상 깊숙이 관여하고 싶어 하지 않는다. 물론 교묘히 위장되어 있으면 이야기는 다르겠지만.

반면에 도덕적 행위는 그 자체로도 아름답다. 얼핏 보기만 해도 마음을 빼앗기며, 보면 볼수록 빠져들기 마련이다. 그리고 얼마 가지 않아서 자신도 도취해 버린다. 아름다움이란 언제나 그렇다.

바로 이때도 올바른 판단이 필요하다. 도덕적 행위를 끝까지 도덕적 행위가 되게 하기 위해서, 그리고 장점을 끝까지 장점이 되게 하기 위해서는 자꾸 도취되어 가는, 그리고 정신을 잃어가는 자신을 계속 채찍질해야 한다.

내가 이 말을 하는 까닭은, '지식이 풍부한' 사람들이 빠지기 쉬운 함정에 대해서 말하고 싶었기 때문이다. 올바른 판단력이 없으면서 지식만 있으면, '건방지다'라든지 '학자 티를 낸다'든지 하는 엉뚱한 험담을 듣게 될지도 모른다.

너도 언젠가는 많은 지식을 얻어 학자가 되겠지만, 그때를 위해서라도 보통 사람들이 빠지기 쉬운 함정에 빠지지 않도록 지금부터 주의해 두면 좋겠다.

풍부한 지식, 겸허한 몸가짐이 중요하다

학식이 풍부한 사람은 자기 지식만 믿고 다른 사람의 의견에 귀를 기울이지 않는 경우가 많다. 그리고 남에게 일방적으로 자신의 판단을 강요하거나 멋대로 단정한다. 그러면 어떤 결과가 나타날까?

강요당한 사람들은 모욕을 당하고 자존심에 상처를 입었다고 생각해서 순순히 따르지 않고 언짢아하며 반항할 것이다. 심한 경우에는 법적인 수단까지 동원할지도 모르겠다.

따라서 사람은 많이 배우면 배울수록, 아는 게 많아질수록 겸손해야 한다. 너무 거만해서는 안 된다. 비록 어떤 일에 확신이 있어도 항상 겸손한 태도를 취해야 한다. 또한 자기의 의견을 말할 때도 단정적으로 말하지 않도록 해라. 남을 설득하고 싶으면 먼저 상대방의 의견에 조심스럽게 귀를 기울이는 것이 반드시 지켜야 할 원칙이다. 그러한 겸허함이 없으면 절대로 남을 설득할 수가 없다.

만일 네가 잘난 체한다는 소리를 듣기 싫으면, 자신의 지식을 자랑하지 마라. 네가 생각하는 바를 주위 사람들에게 전달하면 된다. 화려한 수식어를 쓰지 말고 순수하게 내용만을 전달하라. 주위 사람보다 조금이라도 많이 아는 것처럼 보이거나, 고의적으로 학식이 있는 것처럼 잘난 체해서는 안 된다.

지식은 회중시계처럼 은밀히 호주머니 속에 넣어 두면 된다. 단지 자랑하고 싶은 마음에 호주머니 속에서 꺼내 보거나, 묻지도 않은 시간을 가르쳐 줄 필요가 없다. 만일 시간을 묻는 사람이 있다면, 그때 꺼내서 대답해 주어도 늦지 않다.

아무리 훌륭한 학문도 자기 것으로 만들지 못하면 쓸모없는 장식품처럼 처치 곤란할 뿐이며, 아무리 훌륭한 학문을 쌓았다 해도 앞에서 얘기한 것과 같은 잘못을 저지른다면 다른 사람들로부터 비난을 받을 것이니, 항상 조심하도록 해라.

연구실에서만 길러진 학문은 기대할 바가 없다

오늘은 아주 녹초가 되었구나. 아니 '혼났다'는 표현이 맞을지도 모르겠다. 다름 아니라 먼 친척뻘이 되는, 학식이 풍부하고 참으로 훌륭한 신사와 식사를 같이하면서 저녁을 보낸 것이다.

물론 너는 "피곤하다뇨? 오히려 즐겁지 않았나요?"라고 반문할지도 모르겠다.

그러나 그 사람은 정말로 구제불능이었다. 그 사람은 예의는커녕 말도 제대로 할 줄 모르는, 이른바 세상 물정을 전혀 모르는 '먹물'이었다. 흔히 잡담을 '근거가 없는 시시한 이야기'라고 말하기도 하지만, 그 사람은 말끝마다 근거를 갖다댔다. 정말이지 듣기에도 진절머리가 날 지경이었다.

오히려 일상적인 잡담이라면 참았을 것이다. 아마 그는 오랫동안 연구실에 틀어박혀서 여러 가지 문제에 관해 사고를 거듭한 끝에 자기주장을 확립한 것 같았다. 그래서 그런지 말끝마다 자기주장을 들고 나와, 내가 조금이라도 반박을 하면 눈을 부릅뜨고 분개를 했다. 물론 그의 주장이 틀린 것은 아니었지만, 유감스럽게도 현실성이 결여되어 있었다.

그 사람은 책만 파고들었지, 사람과 교제를 하지 않아서 지식은 있지만 인간에 대해서는 전혀 무지한 사람이었다. 그래서 그런지 자기의 생각을 말로 표현할 때에도 보기에 딱할 정도로 더듬거렸다. 말이 입에서 좀처럼 나오지 않는지, 한참을 끊었다가 다시 이어 말하곤 했다. 게다가 말하는 품새는 무뚝뚝했고 태도는 투박하기 그지없었다.

그때 나는 깨닫게 되었다. 아무리 학식이 풍부하고 뛰어난 인물이라도 현실성이 결여되어 있다면, 오히려 교양이 없더라도 조금은 세상을 아는 수다스러운 사람과 대화하는 편이 훨씬 더 낫다고 말이다.

세상물정에 어두운 학식은 아무런 쓸모가 없다

이처럼 세상 물정을 전혀 모르는 학자가 주장하는 이론은 사람을 피곤하게 만든다. 게다가 그 이론을 듣는 사람이 세상 물정에 훤한 사람이라면 더욱 그렇다. 만일 학자한테 "세상은 그런 게 아니오!"라고 반박이라도 하면 그때부터 논쟁이 시작되어 끝이 날 줄 모르고, 더구나 학자는 이쪽 말에는 전혀 귀 기울일 생각을 하지 않는다.

어쩌면 당연한 일인지도 모른다. 상대방은 옥스퍼드 대학이나 케임브리지 대학에서 평생 동안 연구에만 매달린 사람일 테니까. 예컨대 인간의 두뇌와 마음, 이성과 의지, 감정, 감각, 감상 등등 보통 사람으로서는 생각지도 못하는 것까지 세분화해서, 인간을 철저히 연구 분석해 자기 학설을 확립한 것이다. 그러니 그렇게 쉽게 물러설 리 없으며, 자기주장이 옳다고 믿는 것도 당연하다.

물론 그것은 나름대로 훌륭한 일이다. 다만 곤란한 점은, 그가 실제로 사람을 관찰한 일도 없고 교제한 일도 없어서 세상에는 여러 부류의 인간이 있다는 것을 모른다는 것이다. 여러 가지 관습이나 편견, 취미 등 여러 가지 특성들이 모여 인간이 존재한다는 점을 전혀 모르는 것도 문제다. 결국 인간에 대해서는 완전히 무지한 것이다.

이를테면 연구실에서 '인간은 칭찬을 받으면 기뻐한다'는 이론을 발견하고, 당장 그것을 실천하려고 했지만 어떻게 해야 하는지 그 방법을 모르는 것과 같다. 그는 칭찬이 어떤 사람에게는 독이 될 수 있다는 것을 모른다. 그래서 오히려 칭찬을 하지 않는 편이 낫다는 걸 모르는 것이다. 그의 머릿속은 이미 자기 생각으로 빼곡히 들어차 있어서 주위 사람들이 현재 어떠한 처지에 놓여 있으며, 어떠한 말을 하는가에 대해서 돌아볼 여유가 없다. 관심을 가지려는 마음조차도 없다. 그러니 앞뒤를 가리지 않고 칭찬부터 해버린다. 이쯤 되면 칭찬받은 사람이 오히려 어리둥절하고 당황한다. 그리고 다음에는 또 어떤 말을 듣게 될까 싶어 매우 난감해지는 것이다.

한 가지 색깔만으로 이루어진 사람은 없다

세상 물정을 모르는 학자는 뉴턴이 프리즘을 통해 빛을 보았을 때처럼 사람을 단순히 몇 가지 빛깔로 분류한다. 이 사람은 이 빛깔, 저 사람은 저 빛깔이라는 식으로 말이다. 그러나 경험이 풍부한 염색 기술자는 다르다. 빛깔에는 명도와 채도가 있다는 것을 잘 알고 있다. 그들은 한 가지 색깔로 보여도 여러 가지 빛깔이 혼합되어 있다는 것을 알고 있다.

세상에 한 가지 빛깔만으로 설명할 수 있는 사람은 없다. 약간은 다른 빛깔이 섞여 있거나 그림자가 들어 있기도 하다. 그뿐만이 아니다. 비단이 빛을 받는 정도에 따라서 여러 빛깔로 변하는 것처럼, 상황에 따라서 어떠한 빛깔로도 변할 수 있는 것이 바로 사람이다.

이 정도의 상식은 세상을 살고 있는 사람이라면 누구나 다 아는 사실이다. 하지만 세상에서 격리되어 홀로 연구실에 틀어박혀 있는 학자들을 그것을 알지 못한다. 이것은 머리로 생각해서 알 수 있는 것이 아니기 때문이다. 따라서 공부한 것을 실천하려고 해도 앞뒤가 맞지 않아 생각대로 되지 않는다.

사람이 춤추는 것을 본 일이 없는 사람이나 춤을 배운 일이 없는 사람은 제아무리 악보를 잘 읽고 멜로디나 리듬을 이해할 수 있더라도 춤을 추지 못하는 원리와 같다. 이론과 현실 사이에는 커다란 차이가 있다는 것을 명심하거라. 이런 점에서 자신의 눈으로 직접 보고 들으며 세상을 이해한 사람은 전혀 다르다.

'칭찬하는' 위력을 아는 사람은 언제 어디서 어떻게 칭찬하면 좋은가를 잘 알고 있다. 이를테면 의사가 환자의 체질에 맞추어서 투약을 하는 것과 마찬가지다. 그들은 좀처럼 노골적으로 누군가를 칭찬하지는 않는다. 오히려 완곡하게 하거나 비유를 통해 칭찬한다.

세상과 사귀지 않는 지식은 지혜가 될 수 없다

혹시 학력도 낮고 인격도 훨씬 모자라는 사람이 우수한 사람들을 아주 능숙하게 조종하는 것을 본 일이 있는지 모르겠다. 나는 그러한 경우를 많이 보았다.

어떻게 그런 일이 가능할까 궁금하겠지. 그것은 비록 학식과 인격이 남들보다 부족하다 해도 세상을 사는 지혜가 뛰어나기 때문이다. 그들은 학식이 많고 인격도 훌륭하지만 세상 물정에는 어두운 사람들의 맹점을 교묘히 파고들어 그들을 마음대로 움직인다.

자기 눈으로 직접 관찰하고 실제로 체험하며 세상을 사는 사람들은 오로지 책을 통해서만 세상을 이해하는 사람과는 근본적으로 다르다. 그것은 잘 훈련받은 노새가 말보다도 훨씬 쓸모가 있는 것과 같은 이치다.

너도 이제 지금까지 공부해 온 것이나 보고 들은 것을 종합하여, 네 나름대로의 판단으로 자신의 인격이나 행동양식, 예의범절을 확립해야 할 시기에 이르렀다.

물론 앞으로도 세상을 알기를 노력하고 더 연마해야겠지. 그런 의미에서 사회에 관해서 쓴 책을 읽는 것은 바람직한 일이다. 책에 쓰인 것과 현실을 비교해 보면 아주 좋은 공부가 될 것이다.

인간의 미묘한 심리 상태나 감정을 다룬 책을 미리미리 읽어 두는 것은 좋다. 물론 읽는 것으로 끝나서는 안 된다. 실제로 세상 속으로 뛰어들어 직접 관찰하지 않으면 모처럼 얻은 지식도 무용지물이 될 뿐이기 때문이다. 이는 방 안에서 세계 지도를 펼쳐놓고 제아무리 눈을 부릅뜨고 들여다보아도 세계에 대해서는 아무것도 알 수 없는 것과 같은 이치이다.

어떻게 해야 말을 잘할 수 있을까?

 말을 잘하고 싶으면 어떻게 해야 할까?

먼저 말을 잘하는 사람이 되겠다는 목표를 확고하게 세워야 한다. 그것을 실현하기 위해서는 독서를 하거나 문장 연습을 하는 등 집중적으로 노력해야 한다.

우선 자기 자신에게 이렇게 다짐해 보자.

"나는 사회에서 인정을 받는 사람이 되고 싶다. 그러기 위해서는 말을 잘하는 것이 필수적이다. 일상적인 대화를 나눌 때에도 정확하고 품위 있는 말투를 사용하며, 거만하지 않는 화술을 몸에 익히도록 노력을 해야 한다. 고전이든 현대 작품이든 명연설가들이 쓴 책을 많이 읽자. 말을 잘하려면 이 정도의 노력은 필수적이다."

책에 나온 좋은 표현을 익혀두어라

실제로 그러한 목적을 이루기 위해 독서를 할 때는 문체나 말씨의 사용법을 눈여겨보아라. 어떻게 하면 좀더 훌륭한 표현이 되는가, 똑같은 글을 자신이 쓴다면 어떻게 쓰겠는가 살펴보고 혹시 부족한 점이 있다면 주의해서 보는 것이 좋다.

같은 뜻을 지닌 글을 쓰더라도 저자에 따라서 표현 방법이 매우 다르며, 또한 표현 방법이 다르면 같은 내용이라도 얼마만큼 느낌이 달라지는가에 유의하면서 읽도록 해라.

아무리 훌륭한 내용이라도 어휘 사용법이 이상하거나 품위 없는 문장을 쓰거나, 문체가 어울리지 않으면 얼마나 글이 어색한지 잘 관찰해 두는 것도 좋다.

또 하나, 사회적인 논란이 되는 화제를 몇 가지 골라서 그것에 제기될 가능성이 있는 찬성 의견과 반대 의견으로 혼자서 논쟁을 펼쳐 보는 것도 좋다. 이때 논쟁이 될 수 있는 문장을 품위 있는 말로 고쳐보는 것도 좋은 공부가 된다.

이를테면 군대의 존재 여부에 대해 생각해 보자. 반대 의견으로는 막강한 군사력으로 인해 주변 국가들에게 위협을 줄 염려가 있다는 견해가 있을 것이다. 반면에 찬성 의견으로는, 힘에는 힘으로 대항할 필요가 있다는 견해가 있을 것이다. 이처럼 찬반양론을 떠올릴 수 있는 대로 떠올려 보아라. 본질적으로 바르지 못한 군대를 갖는다는 것이 상황에 따라서는 다른 나라의 악을 방지할 수 있는 필요악이 될 수도 있는가를 차분히 생각해 보는 것이다.

즉, 그렇게 자기 나름대로 생각을 정리해서 되도록 아름답고 품위 있는 문장으로 정리해 보면 좋다. 그렇게 하면 토론 연습도 되고, 어느 상황에서든 능숙하게 말하는 습관을 몸에 익히는 데에도 도움이 될 것이다.

자신만의 고유한 화법과 문장을 만들어라

아무리 자유로운 대화라 하더라도, 아무리 친한 사람에게 보내는 편지라 하더라도, 자기만의 독창적인 스타일을 갖는 것은 매우 중요한 일이다.

이야기를 하기 전에 준비하는 게 원칙이지만, 그러지 못했다면 이야기가 끝난 뒤에라도 '좀 더 말을 잘할 수 있었을 텐데' 하고 진지하게 반성해 보는 것도 화술을 늘릴 수 있는 방법이다.

특히 우리의 마음을 사로잡는 인기 배우들이 어떤 식으로 말하는가 주의 깊게 관찰해 보아라. 그들은 언제나 명쾌하고 확실하게 발음하고, 단어도 정확하게 사용한다는 걸 알 수 있다.

말이란 상대방과 어떠한 의미를 주고받는 의사소통 수단이다. 그런데도 뜻이 명확하게 전달되지 않는 화법이나 듣기 싫은 화법을 쓴다는 것은 참으로 어리석은 일이다.

나는 네가 큰소리로 책 읽는 연습을 했으면 좋겠다.

책을 읽을 때에는 가능하면 입을 크게 벌리고 한마디 한마디 명확하게 발음하는 게 좋다. 그래서 조금이라도 빠르거나 말씨가 명료하지 않으면 다시 몇 번이고 반복해 읽는 것이다. 가끔은 하트 씨에게 부탁해서 네가 책 읽는 것을 들어 달라고 해라. 호흡하는 방법, 강조하는 방법, 읽는 속도 등에 적당하지 못한 곳이 있으면 하나하나 지적해 달라고 한 뒤 고치도록 노력해라.

너 혼자서 연습할 때에도 네 목소리를 주의 깊게 듣도록 해라. 처음에는 천천히 읽어 나가고, 자칫 빨라지기 쉬운 문장에서는 주의했다가 천천히 말하는 습관을 길러라.

네가 말을 빨리 할 때에는 알아듣기 힘들 때가 있는데, 그것은 발음이 정확하지 않아서이다. 만일 발음하기 어려운 자음이 있으면 완벽하게 발음할 수 있을 때까지 계속 연습해서 극복해야 할 것이다.

사람들은 내용 있는 연설보다 재미있는 연설을 좋아한다

만일 네가 그저 논리 정연하게 어떤 사실에 대해 이야기를 할 수 있다고 하자. 그것만으로 정계에 발을 들여놓을 생각이라면 터무니없는 오산이다. 사람들 앞에서 이야기할 때는 그 내용이 아니라, 얼마나 말을 잘하느냐가 가장 중요한 관건이다.

사사로운 모임에서 사람의 마음을 사로잡거나 공적인 자리에서 청중을 설득하고자 할 때는 이야기하려는 내용도 중요하지만, 말하는 사람의 분위기나 표정, 몸짓, 품위, 억양 및 사투리, 목소리 등 지엽적인 부분도 상당히 중요하다.

나는 우리나라에서 연설을 가장 잘하는 사람으로 피트 씨와 스토마운트 경의 백부가 되는 법무장관 뮤레이 씨를 꼽고 있다. 이 두 사람 말고는 영국 의회를 다스릴 수 있는 사람, 즉 과열된 논쟁을 진정시킬 수 있는 사람은 없다고 해도 과언이 아니다.

이분들만이 말 많은 의원들이 입을 다물고 열심히 경청하게 만들 수 있다. 이분들이 연설하고 있을 때에는 마치 바늘이 떨어지는 소리까지 들릴 정도로 조용하다.

이 두 사람의 연설이 그토록 힘을 가지고 있는 이유는 무엇일까? 내용이 훌륭하기 때문일까, 아니면 이론적인 뒷받침이 튼튼하기 때문일까? 이 두 사람의 연설에 매혹된 나는 그 이유를 곰곰이 생각해 보았다.

도대체 그들은 무엇을 이야기한 것일까? 골똘히 생각해 보니, 놀랍게도 내용도 빈약했을 뿐만 아니라 주제도 불분명하고 논리적으로도 설득력이 없는 경우가 많았다. 즉 그 연설은 내용이 아니라 아주 뛰어난 화술로 사람들을 설득했던 것이다.

아무런 가식이 없는 논리적인 화술은, 두세 명의 지적인 사람이 모이는 장소에서나 사적인 모임에서는 설득력도 있고 매력도 있을지 모른다. 그러나 많은 대중을 상대로 하는 공적인 장소에서는 통용되지 않는다.

세상은 바로 그런 곳이다. 우리는 연설에서 어떤 가르침을 받기보다는 즐겁게 들을 수 있는 편을 선호한다. 원래 가르침을 받는다는 것은 그다지 기분 좋은 일이 아니다. 가르침은 무식하다는 소리를 듣는 것과 같기 때문이다. 연설은 청중들이 듣기 좋아야 하며, 그러기 위해서는 우선 목소리가 좋아야 한다.

이처럼 말하는 기술은 연설을 잘 못하는 우리나라 사람들, 특히 네가 진지하게 생각해 볼 가치가 있는 중요한 문제이다.

듣는 사람이 무엇을 바라는지를 생각하라

상대방의 마음을 사로잡으려면 무엇보다 상대방을 과대평가하지 않는 것이 중요하다. 마찬가지로 연설에서 청중을 기쁘게 하려면 청중을 과대평가하지 말아야 한다.

나도 처음 상원의원이 되었을 때에는, 의회란 존경받을 만한 사람들만 모여 있는 곳이라는 생각에 일종의 위압감을 가졌다. 하지만 의회의 실상을 알고 나자 그런 생각은 금세 사라지고 말았다.

560명이나 되는 의원들 중에 생각이 깊고 사리 분별이 분명한 사람은 기껏해야 30명 내외이고, 나머지는 평범한 사람에 가깝다는 것을 그곳에 가서야 알았다.

또한 품위 있는 말로 조리 있게 감명받을 만한 연설을 원하는 사람도 그 30명 정도뿐이고, 나머지 의원들은 내용이 어떻든 듣기에 좋은 연설만 들을 수 있다면 만족한다는 사실도 알았다.

그때부터 나는 연설할 때 긴장하는 일도 없어지고, 마지막에는 청중을 거의 의식하지 않고 오로지 내가 하고자 하는 이야기와 화술에만 정신을 집중할 수 있게 되었다. 내 자랑을 하는 것 같아 미안하지만, 나는 연설 내용의 수준을 걱정할 만큼 양식 없는 사람은 아니라는 자부심마저 갖게 되었다.

연설가는 솜씨 좋은 제화공과 닮은 것 같다. 제화공은 어떻게 하면 고객의 발에 신발을 잘 맞출 수 있는가를 터득하고 나면, 그 다음부터는 기계적으로 일을 해낸다.

연설가도 이와 마찬가지다. 만일 네가 청중을 만족시키고 싶으면 청중이 좋아하는 방향으로 이야기의 내용을 전개하거라.

연설가는 청중의 개성까지 좌우할 수 없다는 걸 명심해야 한다. 청중을 있는 그대로 받아들이는 게 무엇보다 중요하다. 그리고 거듭 말하지만, 청중은 자기들의 오감이나 마음을 사로잡는 것만을 좋아하고 받아들인다는 걸 명심해라.

8장
사랑하는 아들에게 띄우는 충고

언행은 부드럽게, 의지는 굳건하게 하라

언젠가 너에게 마음속에 깊이 새겨 행동 지침으로 삼으라는 글을 보낸 적이 있을 게다. '언행은 부드럽게 하되 의지는 굳어야 한다'는 이 말은, 살아가면서 더욱 절실하게 깨닫는 진리인 것 같다.

오늘은 인생을 먼저 산 선배로서 이 말에 관해 써 보려고 한다.

우선, 언행은 부드럽지만 의지가 굳세지 못한 사람에 대해 이야기해 보자. 아마 그런 사람은 붙임성은 좋지만 매우 소극적인 사람으로 비굴해 보이기까지 할 것이다. 반대로 의지는 굳센데 언행이 부드럽지 못한 사람은 어떨까? 그는 용맹스럽고 사나이답지만, 앞뒤 생각 없이 돌진하는 저돌적인 사람처럼 보일 것이다.

물론 가장 바람직한 사람은 이 둘을 다 갖춘 사람일 테지만, 사실 그런 사람은 찾아보기 힘들다. 의지가 굳센 사람 중에는 혈기가 왕성한 사람이 많아 어떤 일이든지 힘으로만 밀어붙이려고 한다. 다행히 상대방이 내성적인 경우에는 순순히 자기 뜻대로 진행될 것이지만, 상대방 역시 혈기 왕성한 사람이라면 금방 마찰을 일으켜 오히려 화를 불러일으키거나 반감을 사서 일을 진행하는 데 어려움이 생긴다.

반면에 언행이 부드러운 사람은 모든 것을 원만한 대인 관계를 통해 이루려고 한다. 마치 이들은 자기 의지 따위는 전혀 없는 것처럼 상대방의 비위를 맞추며 행동하지만, 그 가운데는 교활한 사람이 많다. 이런 사람은 어리석은 자는 속일 수 있을지 몰라도, 현명하고 지혜로운 자 앞에서는 금세 본색을 드러내고 만다.

그러고 보면 언행이 부드럽고 의지가 굳은 사람이야말로 매우 지혜롭고 현명한 사람이다.

의지가 굳을수록 부드러움으로 감싸라

언행이 부드럽고 의지가 굳은 사람에게는 어떤 이점이 있을까? 물론 살아가는 데 많은 이점이 있을 것이다. 우선 다른 사람에게 명령을 내리는 입장에 있을 경우를 생각해 보자. 공손하게 명령을 내리면 아랫사람은 기꺼이 받아들여 즐거운 마음으로 수행할 것이다. 그러나 강압적으로 명령을 하면 아랫사람은 적당히 눈치를 봐가면서 할 수 없이 수행하거나 중도에서 어물쩍 그만둘 것이다.

예를 들어 부하에게 술을 가져오라고 할 때 다짜고짜로 명령조의 말을 했다고 하자. 물론 어떠한 명령을 내릴 때는 상대방이 복종해야 한다는 냉정하고도 강한 의지를 드러내는 일도 필요하다.

그러나 명령도 수행하기 싫은 명령이 있고 자발적으로 수행하고 싶은 명령이 있다는 걸 명심해라.

"어이, 술 한잔 가지고 와!" 같은 강압적인 명령에 부하가 술을 가져오면서 일부러 엎지르지 않으리라는 보장을 어떻게 할 수 있겠느냐?

즉, 부드러움으로 감싸서 상대가 쓸데없는 열등감을 갖지 않도록 상대방을 배려하는 것을 잊지 말기 바란다. 물론 이것은 윗사람에게 어떤 것을 부탁할 때나 당연한 권리를 요구할 때도 마찬가지다. 겸손한 태도로 청하거나 요구하지 않으면, 상대방 역시 거절할 구실을 찾아 머리를 굴리게 될 것이다.

물론 어떠한 일이든 부드러움으로 전부 이루어지는 것은 아니다. 굳은 의지가 필요할 때도 있다. 만일 그런 일에 닥친다면, 결코 뒤로 물러서지 않는 끈기와 품위를 잃지 않는 인내로, 네가 얼마나 의지가 굳센가를 보여주면 된다.

인간, 특히 지위가 높은 사람이라고 늘 도리를 따져 행동하는 것은 아니다. 우리는 지위가 높으면 지위가 낮은 사람보다 좀더 정의롭게 행동해야 하는 것으로 기대를 하는데, 사실은 그렇지가 않다. 보통 때라면 정의를 위해서나 국가의 이익을 위해서 거절하는 일도, 누군가가 끈질기게 요구하면 어쩔 수 없이 들어준다. 그야말로 집요함에 지거나 원한을 사는 것이 두려워서 응낙하는 것이다.

따라서 말과 행동을 부드럽게 해서 상대방의 마음을 사로잡는다면 적어도 거절할 구실을 주지 않게 된다. 그러면서 동시에 의지가 굳건하다는 것을 보여줌으로써 보통 때 같으면 들어주지 않을 만한 일이라도 '귀찮으니까', '원한을 사는 것이 두려우니까' 하는 생각을 갖게 해서 들어주도록 만들면 좋을 것이다.

사실 신분이 높은 사람은 사람들의 온갖 청탁이나 불평에 익숙해져 있어서, 공평한 입장이나 인도적인 입장에서 호소하면 좀처럼 들어주지 않는다. 외과의사들이 환자가 호소하는 통증에 불감증이 되어 있는 것처럼, 온종일 똑같은 하소연을 듣고 있어서 어떤 것이 진짜고 어떤 것이 가짜인지 구별할 수도 없기 때문이다.

따라서 부드러운 말씨와 태도로 호의를 산다든가, 고개를 끄덕일 때까지 끈질기게 설득한다든가, 아니면 품위가 손상되지 않는 범위에서 평생 원망하겠다는 엄포성 태도를 취하여 두려움을 갖게 한다든가 하는 방식이 좋다.

진정으로 강한 의지는 바로 이런 것으로, 결코 우격다짐으로 밀고 나가는 것이 아니다. 부드러운 언행과 굳건한 의지를 겸비하는 일이야말로 경멸당하지 않고 사랑을 받을 수 있는 처세술이며, 또한 상대방으로부터 존경심을 갖게 하는 유일한 방법이기도 하다. 이것은 온 세상의 지혜로운 사람들이라면 한결같이 몸에 익히고 싶어 하는, 위

228

엄을 갖출 수 있는 방법인 것이다.

조건적인 양보는 융통성과 거리가 멀다

감정이 격해져 자기도 모르게 무례한 말이 불쑥 입 밖으로 튀어나올 것 같으면, 잠깐 입을 꾹 다물고 있어야 한다. 이 방법은 참으로 실천하기 어렵지만 꼭 해내야 하는 일로, 상대방의 지위가 높든 낮든 대등하든 똑같이 적용된다.

감정이 금방이라도 폭발할 것 같으면, 잠시 자리를 떠서 화장실에라도 가서 진정될 때까지 있어라. 특히 다른 사람이 너의 변한 표정을 알아차리지 못하도록 신경을 써야 한다. 상대방에게 너의 감정을 들키면 비즈니스에서는 치명적이다.

그렇다고 해서 그와 반대로 행동할 필요는 없다. 더 이상 한 발자국도 양보할 수 없는 상황에서 아양을 떨거나 비위를 맞추는 등 아첨하는 행동을 해서는 안 된다. 말투는 침착하고 논리적으로 하되 상대방을 집요하게 공격하는 것이 좋다. 그렇게 하면 반드시 목적한 바를 이룰 수 있을 것이다.

온유하고 내성적이며 언제나 양보만 하는 사람은, 사악한 인간이나 다른 사람의 고통을 이해하지 못하는 사람에게 짓밟히고 멸시만 받을 뿐이다. 그러나 온유하면서도 의지가 굳센 사람은, 사람들로부터 존경받을 뿐만 아니라 웬만한 일은 마음먹은 대로 이룰 수 있다.

친한 사이나 아는 사람을 대할 때도 마찬가지다. 조금도 흔들림이 없는 의지는 그들의 마음을 사로잡을 것이고, 부드러운 언행은 그들을 적으로 만들지 않을 것이다.

적을 대할 때는, 너의 부드러운 태도로 마음의 문을 열도록 만드는 동시에 너의 굳건한 의지를 보여서 네가 왜 그를 적대시하는지 정당한 이유가 있다는 걸 보여주도록 해라.

여기서 명심할 것은, 악의를 품는 소인배처럼 행동하지 말아야 한다는 점이다. 즉, 그를 미워할 엄연한 이유가 있다는 점을 분명하게 밝혀두어야 한다.

버틸 때와 물러날 때를 잘 가려야 한다

어떠한 일을 놓고 협상할 때에는 네 소신을 상대방으로 하여금 느끼게 해야 한다. 부득이 타협하지 않으면 안 될 상황에 이를 때까지 넌 한 발자국도 물러서서는 안 된다. 절충안도 받아들여서는 안 된다. 결국 타협해야만 할 경우에도 가능하면 아주 조금씩 물러서는 게 좋다. 그러면서도 부드러운 태도로 상대의 마음을 사로잡는 것을 잊어서는 안 된다.

상대방의 마음을 사로잡을 수 있다면, 마음을 움직이는 건 시간문제다. 자, 이렇게 말해 보는 건 어떨까? 이때는 분명히 떳떳하고 솔직한 게 가장 좋다.

"몇 가지 문제점은 있습니다만, 그렇다고 귀하에 대한 저의 존경심이 변하는 것은 아닙니다. 오히려 이번 일을 통해 귀하의 뛰어난 능력과 열정에 감탄하고 있습니다. 이처럼 훌륭하게 일을 하시는 분을 개인적으로 가까이할 수 있다면 얼마나 좋을까 속으로 생각하고 있었지요."

이처럼 언행은 부드럽고 의지는 굳세게 시종일관 밀고 나간다면, 대부분의 협상에서 성공할 수 있다. 적어도 상대방이 마음먹은 대로 되지 않도록 자기 생각대로 일을 진행하는 것도 일종의 협상 비결이다.

'북풍과 태양'에서 설득의 교훈을 얻어라

내가 여기서 강조하는 부드러운 언행이란 그저 온순하기만 한 부드러움은 아니다. 너도 이제 이해했으리라 믿지만, 부드러운 언행이란 자기 의견도 똑똑하게 말하지 못하는 수줍은 언행을 뜻하는 것이 아니다. 자기의 의견을 똑똑히 말하는 것에 그치지 않고, 다른 사람의 의견이 잘못되었을 경우에는 그것을 지적할 수 있어야 한다.

즉 내가 말하는 것은 방법상의 문제이다. 말할 때의 태도나 분위기, 어투, 목소리 등을 부드럽고 상냥하게 하라는 것이다. 강압적인 분위기나 말투로 사뭇 험악하게 윽박질러서 성공하는 예 지극히 적다는 말이다.

설령 자기와 다른 의견을 주장하는 사람과 대화를 나눌 때라도 상냥하고 품위 있는 표정을 짓고, 부드러운 말씨를 쓰는 것이 좋다. 이를테면 다음과 같이 말할 수도 있을 것이다.

"저의 생각을 물으신다면, 바로 이렇습니다. 물론 확신을 가진 것은 아닙니다만……."

"확실히는 모릅니다만, 혹시 이런 뜻이 아닐까요……."

부드러운 말투라고 해서 전혀 설득력이 없는 것은 아니다. 오히려 「북풍과 태양」의 이야기처럼 언행을 부드럽게 하면 상대방의 마음을 틀림없이 사로잡을 수 있다.

또한 토론은 기분 좋게 마무리하는 것이 중요하다. 자기도 상처 입지 않고, 상대방의 인격도 손상할 생각이 없다는 점을 분명하게 보여줄 필요가 있다. 어떠한 경우에서든 의견 대립은 일시적이나마 서로를 멀리 하게 만들기 때문이다.

아마 너는 "그까짓 것쯤이야" 하고 별것 아닌 것으로 생각할지 모르지만, 너의 태도 하나가 매우 중요하게 작용할 때도 있다. 호의를 베풀려고 했던 것이 적을 만들고, 심술궂은 마음으로 한 것이 오히려 친구를 만드는 등 태도에 따라서 상대방이 다르게 반응할 수 있기 때문이다.

어쨌든 얼굴 표정이나 말하는 방법, 언어의 선택이나 발성, 그리고 품위 등을 부드럽게 한 뒤 강인한 의지를 더하면 위엄도 생겨 사람들의 마음을 틀림없이 사로잡게 될 것이다.

야무진 사람만이 험한 세상을 무사히 건널 수 있다

세상을 살아가는 데는 필요한 지혜가 있다. 따라서 그것을 먼저 알고 실천에 옮긴 자가 세상을 주름잡는다. 다른 사람들의 마음을 사로잡아 자신만의 세상을 만드는 것이다.

너처럼 젊은 사람들은 이러한 말을 하면 싫어하는 경향이 있지만, 훗날에는 '그때 그걸 알았더라면 좋았을걸' 하고 후회하는 경우가 많으니, 오늘은 그것에 대해 이야기해 보려고 한다. 너 역시 인생 선배가 경험담을 이야기하는 것이니 귀담아 들었으면 좋겠다.

자신의 속마음을 남에게 들키지 마라

우선 자신의 감정을 겉으로 드러내지 말라. 말이나 행동, 표정이나 마음이 동요하고 있다는 것을 남들이 알아차리지 못하도록 해야 한다. 만일 상대방에게 자신의 속마음을 들키면, 그때부터 능숙하고 냉정한 상대방의 페이스에 휘말리게 된다.

이것은 직장생활에 한정된 것이 아니다. 평소 생활에서도 자기도 모르게 상대방에게 조종당할 가능성은 얼마든지 있다. 싫은 말을 들으면 노골적으로 화를 내거나 표정을 바꾸는 사람, 기쁜 말을 들으면 뛸 듯이 기뻐하거나 마음을 놓는 사람, 이런 사람들은 교활한 사람의 희생양이 되기 쉽다.

교활한 사람은 고의적으로 상대방을 화나게 하거나 기쁘게 하는 말을 하면서 상대방의 반응을 살핀다. 그렇게 상대방을 파악하여 상대방이 간직하고 있는 비밀을 캐내려고 한다.

자기 분수를 모르고 뽐내는 사람도 마찬가지로 교활한 사람과 똑같은 짓을 한다. 다만 자기 자신에게 득이 되는 게 아니라 그 이익이 주위 사람들에게 돌아간다는 점이 다르다.

자신의 성격을 변명으로 삼지 마라

냉정한 사람인가, 아니면 따뜻한 사람인가를 구별짓는 것은 성격이라고 할 수 있다. 물론 너는 성격이란 인간의 힘으로 어떻게 할 수 있는 것이 아니라고 반문할지도 모르겠다. 그러나 무슨 일이든 깊이 생각하기 싫으면 성격 탓으로 돌려 변명하는 경우는 잘못된 것이다.

아무리 완고한 성격이라 해도 마음먹고 노력만 한다면 어느 정도는 고칠 수 있다. 그런데도 많은 사람들은 이성보다 성격을 앞세우곤 한다. 그러나 노력만 하면 이성으로 성격을 억제할 수 있다고 나는 믿는다.

지난번에도 얘기했듯이, 갑자기 감정이 폭발할 것 같으면 그 감정이 진정될 때까지 입을 다물고 있어야 한다. 물론 얼굴 표정도 될 수 있는 대로 바꾸지 말아라. 평소에 이 말을 굳게 마음에 새긴다면 분명히 해낼 수 있으리라 믿는다.

우리의 무의식 가운데에는 제법 똑똑한 것 같은 말이나 재치 있는 말, 멋진 말 등을 하고 싶은 욕구가 있다. 그러나 조심해야 한다. 그런 말들을 내뱉고 나면 일시적으로 찬사를 받을 수 있을지는 몰라도 호의적으로 받아들여지지 않는 게 현실이다. 오히려 적을 만들 뿐이다.

한편 누군가 너를 향해 비아냥거렸다면 그저 못 들은 척해라. 만일 못 들은 척할 수 없을 정도로 가까이에서 들었다면, 그들과 함께 웃으며 상대가 말한 내용을 인정한 뒤 재치 있는 발언이라고 칭찬해 주어라. 그렇게 그 시간을 부드럽게 넘기면 된다. 무슨 일이 있어도 상대방과 똑같은 방식으로 반박해서는 안 된다. 오히려 반박하는 것은 자신이 상처받았다는 걸 공표하는 것이나 마찬가지다.

자신의 수를 남에게 읽히지 마라

어떤 일을 협상할 때에는 성정이 불같은 사람과 상대하면 훨씬 좋은 결과를 얻을 수 있다. 성정이 불같은 상대방은 사소한 일에도 마음이 흐트러져서 엉뚱한 말을 입 밖에 내거나 자신의 속마음을 감추지 못한다. 따라서 그러한 사람을 상대할 때는 표정만 유심히 살펴도 의외로 일을 쉽게 풀 수 있다.

비즈니스에서는 상대방의 속마음을 읽을 수 있느냐 없느냐가 성공의 열쇠이다. 자기의 감정이나 표정을 감출 수 없는 사람은 그렇게 할 수 있는 사람에게 항상 당하기 마련이다. 모든 조건이 대등할 경우에는 더욱 그렇다. 상대방이 능수능란한 전략가인 경우에는 말해서 무엇 하겠느냐. 내가 이렇게 말하면 아마 너는 "그럼 시치미를 뚝 떼라는 말씀입니까?"라고 물을 것이다.

물론이다. 그렇게 하는 것은 잘못이 아니다. 예로부터 전해오는 속담 중에 '속마음을 남에게 읽히면 남을 제압할 수가 없다'란 말이 있다.

내 생각에는 이것으로도 부족하다. 단언하건대, 속마음을 남에게 읽히면 어떤 일도 성취할 수 없다는 걸 명심해라.

여기서 알아두어야 할 것은, 속마음을 남에게 간파당하지 않도록 시치미를 떼는 일과 상대방을 속이기 위해 시치미를 떼는 일은 크게 다르다는 점이다. 물론 후자의 경우는 해서는 안 될 행동이다. 사람을 속이기 위해서 감정을 숨기는 것은 도덕에 어긋날 뿐만 아니라 비열한 짓이기 때문이다.

프랜시스 베이컨도 이러한 사람에 대해 힐난한 바 있다.

"상대방을 속이는 것은 옳게 배운 사람이 할 일이 아니다. 자기의 속마음을 남에게 읽히지 않기 위해 감정을 감추는 것은 트럼프의 카드를 보여주지 않는 것과 같지만, 상대방을 속이기 위해 그렇게 하는 것은 상대방의 카드를 훔쳐보는 것과 다를 바가 없다."

정치가인 볼리브로크 경도 그의 저서에서 다음과 같이 말했다.

"남을 속이기 위해 감정을 감추는 것은 마치 단검을 휘두르는 것과 같다. 바람직하지 않은 행위일 뿐만 아니라 불법 행위라고도 할 수 있다. 단검을 사용하게 되면, 그것은 어떠한 정당한 이유나 변명에도 통용되지 않는다."

속마음을 남에게 들키지 않도록 감정을 감추는 것은 방패를 드는 것과 마찬가지이며, 기밀을 보전하는 것은 갑옷을 입는 것과 같다. 무슨 일이든 어느 정도 감정을 감추지 않으면 기밀을 보전할 수 없고, 기밀을 보전할 수 없으면 일이 제대로 되지 않는다.

그런 의미에서 그것은 마치 귀금속에 합금을 섞어서 돈을 주조하는 기술과 흡사하다. 합금을 조금 섞는 것은 필요하지만, 지나치게 섞으면 통화로서 가치를 잃고 주조자의 신용도 떨어뜨린다.

그러므로 마음속이 아무리 들끓는다 해도 그것이 표정이나 말에 드러나지 않도록, 자기의 감정을 완전히 감출 수 있도록 노력해라. 이것은 매우 어렵고 힘든 일이지만 불가능한 일도 아니다.

지성을 갖춘 사람은 아무리 곤란한 일이라도 추구할 가치가 있는 일이라면 몇 배의 노력을 기울여서라도 반드시 해내는 법이다. 너도 그렇게 노력해 주기 바란다.

때로는 선의의 거짓말도 필요하다

이미 자기가 알고 있는 사실을 모르는 척해야 할 때도 있다. 누군가가 무슨 이야기를 하려고 하는데 이쪽에서 먼저 아는 체를 하면 분명 김이 샐 것이다. 따라서 알고 있더라도 모르는 척하여 상대방이 계속 이야기하도록 배려하는 게 지혜로운 방법이다. 아마 분명히 상대방은 자기만이 알고 있다는 사실에 만족을 느낄 것이다.

한편으로는 이런 중요한 이야기를 들려 줄 만큼 자기는 신뢰를 받고 있다는 것에 우쭐해지는 사람도 있을 것이다. 어쩌면 대부분이 이러한 경우에 속할지도 모른다.

만일 "이런 이야기를 아십니까?" 하는 질문에 "예, 알아요." 하고 대답해 버리면 어떻게 되겠느냐? 아마 그 사람은 너를 눈치가 없는 사람이라 여기고 다시는 상종하고 싶어 하지 않을 것이다.

또 하나 주의할 점은, 개인적인 중상이나 좋지 못한 소문은 귀가 따가울 정도로 들었더라도 흉금을 터놓을 수 있는 친구가 아니라면 입에 담지도 말라는 것이다. 이런 경우에는 듣는 쪽도 이야기하는 쪽과 마찬가지로 나쁘다고 여기기가 쉽기 때문이다.

따라서 그런 화제가 입에 오르면 모르는 척 가장하고 정상을 참작하는 의견 쪽에 붙는 편이 좋다. 이처럼 모르는 척하다 보면, 우연한 기회에 정말로 알지 못했던 정보를 완벽하게 듣게 되는 일도 있을 것이다. 사실 이 방법이 정보를 수집하는 최상의 방법이다.

싸우러 갈 때는 완전무장을 하라

많은 사람들은 비록 하찮은 일이라도 자신이 좀 더 높은 위치에 서 있기를 바란다. 그래서 하지 말아야 되는 비밀 이야기까지도, 자기가 가르쳐 줄 수 있음을 과시하고 싶어 그만 실언을 하게 된다.

그럴 경우 모르는 척 시치미를 떼는 것이 좋다. 그럼 정보를 얻을 뿐만 아니라 그 이외의 소득을 볼 수가 있다. 이를테면 상대방이 자기를 음해하지 않을 거라고 안심해 마음을 놓게 되어 정보가 새어나가는 줄 모르게 되는 것이다.

그러나 너는 어떠한 정보든 흘려듣지 말고 꼼꼼히 챙기는 습관을 길러야 한다. 때로는 어설프게 들은 정보를 자세히 조사해야 하는 경우도 있을 것이다.

그렇다고 귀를 쫑긋 곤두세우거나 직접 질문하는 것은 현명한 방법이 아니다. 그런 짓을 하게 되면 상대방은 그만 경계태세를 취하고, 같은 이야기를 몇 번이고 반복하는 등 시시한 정보밖에 흘리지 않을 것이다. 이때는 모른 척 시치미를 떼는 것과는 반대로, 그런 것쯤이야 다 안다는 투의 표정을 짓는 것도 효과가 있다.

"그래, 바로 그 이야기 말씀입니까?"

그렇게 먼저 치고 들어가면 뜻밖에도 술술 뒷이야기까지 친절히 전해주는 사람이 있다. 그들은 상대방이 어느 정도 아는지 확인까지 하면서 정보를 제공해 주기도 한다.

이처럼 세상을 살아가는 지혜를 능수 능란하게 활용하기 위해서는 항상 자신이나 자신의 신변에도 주의를 기울여야 한다. 그리고 무엇보다 냉철하게 관찰하는 습관을 기르지 않으면 안 된다.

불사신이었던 천하무적의 아킬레우스도 싸움터로 나갈 때는 완전 무장을 했다는 걸 명심해라. 사회는 너에게 싸움터와 다를 바가 없다. 항상 완전 무장을 하고, 약점에는 갑옷을 한 벌 더 겹쳐 입을 정도의 마음가짐이 있어야 한다. 사소한 부주의나 조그마한 방심이 사람에 따라서 치명상이 될 수가 있다는 걸 명심하기를 바란다.

인맥을 적극적으로 활용하라

　·

　우리가 살아가는 데 빼놓을 수 없는 것 중의 하나가 바로 인맥이다. 인맥을 잘 구축하고 유지해 나갈 수만 있다면, 그 사람은 틀림없이 성공한다.

　인맥에는 두 가지가 있는데, 그 차이를 항상 염두에 두고 행동하기 바란다.

　첫째는 대등한 관계다. 소질이나 역량이 거의 비슷한 두 사람이 쌓아가는 호혜적인 관계로, 비교적 자유로운 교류와 정보교환이 이루어진다. 이러한 관계는 서로의 능력을 인정하고, 상대방이 자기를 위해서 힘써 준다는 확신이 없으면 성립되지 않는다. 그 밑바탕에 흐르는 것은 상대방에 대한 존경심이다.

　거기에는 때로 서로의 이해관계가 대립되는 경우가 있더라도 결코 깨어지지 않는 상호 의존 관계가 성립되어 있다. 설령 이해가 대립되더라도 서로 조금씩 양보하면 최종적으로 합의에 도달하게 된다.

　다른 하나는 대등하지 않은 관계이다. 한쪽에는 지위나 재산이 있고, 다른 한쪽에는 소질과 능력이 있는 경우다. 이 관계에서는 도움을 받을 수 있는 것은 한쪽뿐이고, 그 도움도 겉으로 드러나지 않도록 교묘하게 덮여 있는 경우가 많다.

　도움을 받는 쪽은 상대방의 비위를 맞추거나 마음에 들도록 행동해야 한다. 대부분 부를 가진 자가 지식을 가진 자를 움직이게 되는 데, 이때는 상대방의 우월감을 참을 정도로 인내심이 필요하다. 하지만 결국 부를 가진 자는 머리가 잘 돌아가지 않아 실제로는 조종당하기가 쉽다. 자기가 상대방을 조종하고 있다고 생각하는데, 그것이 착각이라는 걸 모른다. 그래서 결국 머리 좋은 자의 뜻대로 움직이게 되어 있다.

어찌 되었거나 조종을 하는 입장이든 조종을 당하는 입장이든 결국 조종하는 쪽에 커다란 이익이 생긴다는 것은 변함없는 진리이다. 수차례 이야기했듯이 이런 경우는 수없이 많다. 사실 한쪽에만 이익을 가져다주는 이런 관계가 일반화되어 있는 관계라고 할 수 있겠다.

어떻게 해야 라이벌을 이길 수 있을까?

어떻게 하면 싫어하는 사람을 애정 어린 태도로 대할 수 있을까? 더구나 라이벌 관계에 있는 사람이라면 더욱 문제라 할 수 있다.

특히 젊은이들은 아무리 노력해도 표정 관리가 잘 되지 않는다. 라이벌이라 해도 이성적으로는 잘할 수 있을 것 같은데, 막상 얼굴을 쳐다보면 생각처럼 잘 되지 않는다. 그래서 사소한 일에도 곧잘 흥분하여 앞뒤를 가리지 못하는 경우가 많다. 직장 생활이나 연애 문제에서도 그렇지만, 자기의 생각을 비판하는 말을 들으면 그 자리에서 금세 붉으락푸르락하기가 쉽다.

그러니 젊은이들에게는 라이벌도 적이나 다름없다. 라이벌이 눈앞에 나타나면 애써 행동한다 해도 곧 어색해지고, 냉담한 태도나 무례한 태도를 취하게 된다. 그야말로 어떻게 해야 상대방을 넘어뜨릴 수 있을까만 골똘히 고민하는 것이다.

참으로 어처구니없는 일이 아닐 수 없다. 게다가 그런 짓을 하는 것은 통찰력이 부족한 증거이다. 라이벌에게 냉담하게 대한다고 해서 자기 소원이 이루어지는 것은 아니다. 오히려 그렇게 되기는커녕 라이벌끼리 서로 싸우는 사이에 제3자가 끼어들어 이익을 챙기는 경우도 종종 일어날 수 있다.

물론 라이벌과 좋은 관계를 유지하는 것은 참으로 어려운 일이다. 일에서든 사랑에서든 라이벌 관계에 있다면 어떠한 상황에서 만나도 난감하기는 마찬가지다. 그러나 그것을 다른 사람들도 인식하고 있다는 걸 알아야 한다.

예를 들어 두 사람의 연적이 서로 노려보면서 욕지거리를 주고받으면 어떻게 되겠는가. 그 자리에 있던 모든 사람들은 얼굴을 찡그리며 불쾌하게 여길 것이다. 그 두 사람이 사랑하는 여성조차도 불쾌하게 느낄 것이다.

대신 한쪽에서 속마음과는 달리 상냥하고 자연스럽게 대한다면 어떻게 되겠는가? 아마 사랑하는 여성의 마음은 금세 상냥하게 대하는 쪽으로 기울어질 것이다. 상황이 이렇게 되면 무뚝뚝하게 있던 사람은 여성한테 야속한 마음을 먹게 되고, 여성 역시 그의 옹졸한 태도에 화가 날 것이다. 그럼 두 사람 사이는 금세 벌어지리라.

프랑스 사람들은 '은근한 태도'라는 말을 즐겨 쓴다. 이 말은 연적에게 싫어하는 감정을 노골적으로 표시하는 소갈머리 없는 인간에게는 각별히 상냥하게 대하라는 뜻이다. 일에 대한 라이벌도 마찬가지다. 자기의 감정을 억제할 수 있는 자만이 경쟁에서 라이벌을 이길 수 있다.

라이벌에게도 정중함을 잃지 마라

라이벌에게 취해야 할 태도는 두 가지가 있다. 극단적으로 친절하게 대하든가, 아니면 그를 굴복시켜 버리는 것이다.

만일 상대가 갖은 술수를 써서 너를 모욕하거나 경멸한다면 주저할 필요가 없다. 금방 무릎을 꿇게 굴복시켜라. 하지만 마음의 상처를 입은 정도라면 예의 바르게 대해야 한다.

그것만이 라이벌에 대한 보복이기도 하면서 자신을 위한 일도 된다. 이 일은 라이벌을 기만하는 것이 아니다. 공적인 자리에서 노골적으로 실례되는 태도를 취하는 사람에게 정중하게 말한다고 해서 비난받지는 않는다. 대다수 사람들은 네가 그 자리를 원만하게 수습하고, 주위 사람들에게 혐오감을 주지 않으려 노력하고 있을 뿐이라고 생각할 것이다.

세상에는 개인적인 취미나 질투 때문에 시민의 생활을 어지럽게 해서는 안 된다는 묵계 같은 것이 있다. 그것을 침범하는 자는 세상 사람들의 웃음거리가 되어 동정을 받지 못하는 법이다.

우리가 살고 있는 이 사회는 심술궂음, 증오, 원한, 질투 등이 서로 소용돌이치고 있는 곳이다. 간혹 노력하지도 않고 열매를 얻으려는 자가 있는가 하면, 흥하고 망하는 것도 순식간이어서 오늘 흥했는가 싶으면 내일 망해 버리기도 한다.

이런 사회 속에서는 예의가 바르든지 부드러운 언행을 겸비하지 않으면 살아남기가 힘들다. 언제 내 편이 적이 될지 모르며, 반대로 적도 언제 내 편이 될지 모르기 때문이다. 그래서 속으로는 서로 미워할지언정 겉으로는 상냥하게 대해야 하는 것이다.

에필로그

이미 사회인으로서 첫발을 내디딘 내 아들아, 내가 무엇보다 바라는 것은 네가 삶을 성공적으로 꾸려가는 것이다. 이 세상에서는 무엇보다도 실천하는 것이 최상의 공부이다. 또한 모든 일에 대한 배려와 집중력도 잃지 말기를 바란다.

이제 나는 편지 쓰는 일을 예로 들어 너에 대한 충고를 마무리하려고 한다. 편지 쓰기에는 무엇보다 사회인이 지녀야 할 상식적인 요소가 잘 집약되어 있다고 생각하기 때문이다.

먼저 사업상 편지를 쓸 때는 확실하고 분명하게 해야 한다. 세상에서 가장 우둔한 사람이 읽는다 해도 뜻을 이해할 수 있도록 논리 정연하게 써야 한다. 받은 사람들이 뜻을 몰라서 처음부터 다시 읽는 일이 없도록 해야 한다. 그러기 위해서는 무엇보다 정확성이 필요하다. 여기에 품위가 있다면 더할 나위가 없겠지.

사업상 편지에는 개인적인 편지에 주로 쓰이는 관용구를 써서는 안 된다. 즉, 일반적인 은유나 비유, 대조법이나 경구 등을 사용하는 것은 어울리지 않는다.

차라리 산뜻하고 품위 있게 정리되어 있는, 구석구석까지 세심한 배려가 깃들어 있는 문체가 바람직하다. 옷차림에 비유해서 말하자면, 정장을 입은 것이라고 할 수 있을 것이다.

또 직접 글을 쓴 다음에는 단락마다 제 3자의 눈으로 다시 읽어봐서 다른 뜻으로 받아들여질 우려가 있는 대목은 없는지 꼭 살펴야 한다. 대명사나 지시대명사는 가능하면 쓰지 않는 것이 좋다. 그보다는 조금 길어지더라도 뚜렷이 'ㅇㅇ 씨', '△△에 관한 건'이라고 명시하는 편이 좋다.

사업상 편지는 특히 정중함이나 예의를 차려야 한다. '귀하를 이렇게 알게 되어 영광……'이라든가, '소인의 의견을 말씀드리자면……'처럼 경의를 표하는 것이 무엇보다 중요하다.

해외에 나가 있는 외교관이 국내에 편지를 보낼 때는 대개 윗사람인 각료나 지원자에게 쓰는 일이 많으므로, 각별히 이 점에 주의해야 한다.

편지지를 접는 법이나 봉투를 붙이는 법, 수신인의 주소, 이름을 쓰는 법 등 아주 사소한 것에도 그 사람의 인격이 나타나는 법이다. 아주 사소한 것이 뜻밖에도 그 사람의 인상을 결정지을 때가 있다.

아마 너는 대수롭지 않게 생각할지도 모르겠지만, 그러한 점까지 신경쓰는 것을 잊지 않도록 해라.

그리고 달필은, 사업상 편지에서 꼭 필요한 것은 아니지만, 바람직한 요건 중 하나이다. 그런 의미에서 화려하지는 않지만 달필이라는 것은 아주 중요한 요소이다. 요란한 글씨체나 화려한 문장 등은 오히려 역효과가 난다. 간결하면서도 품위가 있고, 위엄을 느끼게 하는 것이 가장 좋다. 너는 그러한 편지를 쓰도록 노력하거라.

문장의 길이는 너무 길거나 짧아도 안 된다. 의미가 확실하게 전달될 정도의 길이가 바람직하다. 너는 간혹 맞춤법이 틀리는데, 그것도 다른 사람의 비웃음을 사는 원인이 된다. 그러니 조심하도록 해라.

사실 네 글씨체가 왜 그렇게 엉망인지 도무지 이해할 수가 없구나. 글씨를 쓸 줄 알고 읽을 줄 아는 사람이라면 좀 더 나은 글씨체를 쓸 수 있다고 생각하는데 말이다. 글씨를 좀 더 잘 쓸 수 있도록 교본을 놓고 연습하는 것도 좋다.

글씨체가 유려하면, 편지를 쓸 때에도 글씨체 같은 사소한 것에 신경을 쓰지 않고, 내용에만 정신을 집중할 수 있을 것이다. 따라서 글씨를 쓰는 연습을 게을리 하지 않기를 바란다.

이런저런 충고를 늘어놓았다만, 나는 네가 무슨 일이든 잘해낼 거라고 믿는다. 다만 세상을 먼저 살아온 선배로서 앞으로의 네 삶에 조그마한 도움이 되고 싶었다.

젊었을 때 공부를 하지 않아 나중에 큰 일이 맡겨져도 해내지 못하는 사람을 보았다. 작은 일에 마음을 빼앗긴 나머지 정작 자기한테 꼭 필요한 공부를 게을리 했기 때문이다. 그러나 미리 준비만 해놓는다면 어떤 상황이든 어떤 일이든 거뜬히 해낼 수 있으리라 믿는다.

내가 아는 사람 중에도 맡겨진 일을 제대로 처리하지 못해 비웃음을 산 사람이 있다. 그 사람은 젊었을 때 공부 아닌 다른 것에 훨씬 더 많은 신경을 썼기 때문이다. 그래서 그는 '작은 일에는 통이 큰 사람, 큰일에는 소심한 사람'이라는 낙인이 찍혔다.

지금부터 어떠한 일이든 잘 마무리하는 습관을 길러라. 머잖아 너에게도 큰 일이 맡겨질 날이 올 테지. 그러니 지금부터 차곡차곡 준비해 두렴, 사랑하는 내 아들아!